［日］江户川乱步 著
曹艺 译

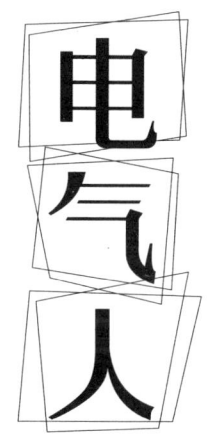

江户川乱步少年侦探系列

电气人

人民文学出版社
PEOPLE'S LITERATURE PUBLISHING HOUSE

图书在版编目(CIP)数据

电气人/(日)江户川乱步著;曹艺译.—北京：人民文学出版社,2017
(江户川乱步少年侦探系列)
ISBN 978-7-02-012769-6

Ⅰ.①电… Ⅱ.①江… ②曹… Ⅲ.①儿童小说-侦探小说-日本-现代 Ⅳ.①I313.84

中国版本图书馆CIP数据核字(2017)第101165号

责任编辑	卜艳冰　王皎娇
装帧设计	汪佳诗

出版发行	人民文学出版社
社　　址	北京市朝内大街166号
邮政编码	100705
网　　址	http://www.rw-cn.com
印　　刷	山东德州新华印务有限责任公司
经　　销	全国新华书店等
开　　本	890毫米×1240毫米　1/32
印　　张	4.75
字　　数	60千字
版　　次	2017年7月北京第1版
印　　次	2017年7月第1次印刷
书　　号	978-7-02-012769-6
定　　价	28.00元

如有印装质量问题,请与本社图书销售中心调换。电话:010-65233595

— 目 录 —

铁塔上的火星人 /1

"倒栽葱"的机器人 /7

屋顶的怪人 /13

大月球 /19

乘坐火箭 /26

大发明 /30

电人M现身 /34

"M" /39

空中的声音 /44

研究室中的怪物 /51

蓝色轿车 /55

神了! /59

大侦探出马 /63

天花板上的眼睛 /65

秘密箱子 /68

木村助手的真面目 /75

车库的秘密 /80

黑色怪鸟 /87

红和蓝 /91

小黑人 /96

移动地板 /99

成为神的电人 M /104

不可思议的手下们 /111

芝麻开门！ /114

黑人会议 /119

口袋小子显身手 /123

银色小球 /129

会场出乱子 /135

大发明的秘密 /140

— 铁塔上的火星人 —

少年侦探团当中，就读中学一年级的中村君、有田君和长岛君三人关系最铁。一天下午，有田君和长岛君去中村君家中玩。

中村君的家在东京都港区的一处高档住宅区，是一座宽敞的洋房，在二楼的屋顶上，扩建了一个塔形的小屋，四米见方，便是这座洋房的三楼。中村君喜欢看星星，因此在这个房间里摆了一架高倍天文望远镜。眼下，这三人齐聚三楼房间，聊腻了，就玩起望远镜来。

正午时分，当然看不见星星，不过地上的风景倒是瞧得一清二楚。远处的人家近在咫尺，路上的行人仿佛就在跟前。现在轮到长岛君了，他换了个角度，看得是津津有味，没多久就看到了东京塔。

东京塔在五百米开外，而望远镜把它放大了好多倍，就连瞭望台上游客们的表情都看得一清二楚。接着，长岛君又把镜头对准了塔顶，然后慢慢地往下推移。铁塔的钢筋铁骨，甚至颗颗铆钉，都历历在目。一直推移到瞭望台的上方——就在这时，长岛君"啊"地惊叫了一声。

"怎么了？看到什么了？"

中村君和有田君齐齐问道。但长岛君没有吱声，喘着粗气，死死地盯着一处看。也难怪，他看到了不得了的东西。

东京塔的钢筋上，缠着一个软塌塌的东西，颜色泛黄。起初以为是光着膀子的人，细看并不是，前所未见，古怪得很。而且，这东西像是活物，慢慢地蠕动着。仔细观察，只见这东西长着章鱼一般的大脑袋，光溜溜的没有毛发，脸部有一双铜铃般的大眼睛，眼睛下面有尖尖的嘴巴，怎么看都是一只章鱼。

脑袋下面，果然也长着章鱼一般的六条腿，缠住铁塔的钢筋。

"章鱼不是应该有八条腿吗？那家伙只有六条腿，而且体态和章鱼不一样，更恶心。"长岛君心想。别的不说，世上有这么大的章鱼吗？那家伙，足足有一个大人那么大。

"对了！是火星人！"长岛君嚷嚷道。眼前缠着铁塔的，俨然是书上看到的火星人模样。很难想象区区章鱼有本事爬上岸登上东京塔，火星人就难说了。它们从外太空飞来，跳出宇宙飞船，落在东京塔上——完全有可能的嘛。眼下，看它的样子，十有八九是要爬下铁塔。

"你刚刚说火星人？"中村君表示关切。

"嗯。有个东西像极了火星人，正从东京塔往下爬呢。"

"快让我看看，"中村君迫不及待地接过望远镜，"哎呀！还真是，那家伙肯定是火星人。来地球干什么呢……嗬，它爬到瞭望台的顶上了，整个一只章鱼嘛……哎,怎么不见了?是不是钻下面去了?"

这个怪物如果在瞭望台现身,肯定会引起一阵骚动,可是什么事也没发生。它到底藏哪儿去了?更奇怪的是,偌大的东京,见到东京塔上火星人的,就只有三位少年,别无他人。从远处看,除非有望远镜,否则是看不见的。即便在近处,由于瞭望台遮挡视线,人们自然无法看见顶上的怪物。说来也巧,它的一举一动,刚好被用望远镜看东京塔的三位少年逮了个正着。

火星人来到地球,这件事没有掀起任何波澜。三人把他们的发现告诉了中村君的父亲,父亲说他们所见之物太离奇,肯定是幻觉,没有当回事。看第二天的报纸,也没有任何相关报道,只能认为火星人从瞭望台溜走后销声匿迹了。

第二天的夜晚,长岛君在同样也是位于港区的家中学习,写完作业后准备睡觉。可就在这时,朝院子的窗户发出啪啪的声音,像是有人在敲打窗玻璃。长岛君一惊，循声望去，透过窗帘的间隙，他看见窗外有一个黄颜色的怪东西在动。

长岛君起初以为是树枝之类的，可哪有软塌塌的树枝呀？不可思议。他凝神注视，发现一根黄颜色的软软的"棍子"企图打开窗户。这一幕令长岛君不寒而栗，它或许是某种生物。

玻璃窗没有上锁，被一点点地推开了。

"大概是小偷在撬窗户吧。"这个念头令长岛君勇气陡增，大声呵斥道：

"是谁在那！"

话音未落，长岛君一把扯开窗帘——各位读者，你们猜猜，他看到了什么？

是火星人。长得像章鱼，跟前一天在东京塔上看到的家伙一模一样。火星人的大眼睛瞪着长岛君，突出的嘴巴叽叽咕咕地说着什么。不是英语，也不是法语，十有八九是火星语。它边说边把一条腿探进窗户，扔进来一张纸。

长岛君可没有心情去捡，他一心想逃，无奈腿脚不听使唤，动弹不得。这时火星人又叽叽咕咕说了些什么，说完便离开了窗边，走远了。院子里的灯光清晰地勾勒出火星人的轮廓，活像章鱼立直了腿走路，六条腿走起路来就是快，不久便消失在树丛里。

长岛君这才嚷嚷起来：

"不得了啦！火星人来啦！"

他一边喊一边跑向起居室，家人都在那里。这下全家上下炸开了锅，打电话报警，叫来警车把宅子四周搜了一个遍，也没见火星人的影子。大家捡起火星人扔进来的纸片，只见上面写了一行字：

去月亮上玩吧

这到底是什么意思。难不成是火星人来邀请地球人同去月球？这行字倒是用日语打印在纸上的。都说火星人科技极其发达，说不定火星人也在研究日语，可这行打印在纸上的日语，总觉得怪怪的。

—"倒栽葱"的机器人—

这件怪事很快传到报社记者耳朵里,当晚就有记者上门采访。见到火星人的只有长岛君一人,他自然被记者们团团围住,问这问那的不胜其烦。第二天的报纸上,大篇幅刊登了长岛君的遭遇,全日本的人都读到了,一时间,街谈巷议全是这个话题。

火星人不光出现在长岛君的家中。打那以后,火星人每天都变着法儿在东京的各处出没,每次都会留下一张写着"去月亮上玩吧"的纸条。

人们没想到,没过多久,又发生了一件怪事。第一个遭遇这件怪事的,还是少年侦探团的一员——有田君。有田君也住在港区。一天傍晚,他独自走在僻静的住宅区，道路两旁是长长的水泥墙，没有行人。

突然，他发觉百米开外有一个墨墨黑的人形，正朝他走来。对方渐行渐近，形象也是越来越清晰——原来是貌似机器人的东西。可是如此奇形怪状的机器人，还是第一次见。看它，躯干、手、脚，都像是由几十个黑铁箍套叠而成，所以它虽然是金属之身，倒也能弯曲自如。脚上穿一双大铁鞋，大脚板咣当咣当地大力踩踏着地面，同时发出吱啦吱啦的声音——那是它体内的齿轮在转动。

机器人的脑袋是一个圆圆的透明塑料罩子，足有普通人的三倍大，当中满是些奇奇怪怪的元件，没有眼睛、鼻子和嘴巴——说白了，就是没有脸。虽说它没有眼睛，但是塑料罩子里闪着两点红光，忽亮忽灭，俨然是它的眼睛，血红血红的，透着一股子邪气。再看那透明罩子里头的电子元件，正忙忙碌碌地运转着，羽毛似的薄金属片飞速旋转。

有田君一直躲在邮筒后面偷看。眼下怪物距离他只有十米远，突然开了腔——起初是吱吱呀呀的声音，听不清，后来就是清晰的说话声了。那个声音说：

"那里藏着个孩子，就在邮筒后面。你藏也没用，无论多么厚的墙壁，我都能透视，哇哈哈哈……"

机器人说着，笑了起来。或许金属外衣里面有一个人。有田君吓了一跳，撒腿就跑，可没跑出五六步，就动弹不得了，感觉就好像被无形的绳子拴住了似的，越是使劲逃，往后拉扯的力量也就越大。

"怎么样？领教我隐形绳索的威力了吧。我还能用它捆住你呢。"

有田君挥手蹬腿，死命挣扎，可惜无济于事。

"现在我给你松绑，快跑吧！去多叫些人来，人越多，我越开心。"

机器人的大嗓门震得空气嗡嗡响。话音刚落，有田君感觉没了束缚，便撒腿跑起来，来到繁华大街上，用公用电话报了警，说是遇见了机器人。

没过三分钟，警车就呜呜地鸣着警笛，赶到机器人的所在之处。这会儿，附近的人们也聚集起来看热闹，乌压压的一片。机器人还在原处，被大家包围了。

警员们人手一把枪。毕竟对手有隐形绳索，随时可能出手把人捆住，不使出武器怎么与之对抗。

"哇哈哈哈……好多人呀。来来来，都来抓我吧。有胆量的，都放马过来。"

怪物压根儿不把人们放在眼里。三位警员用力去冲撞它，一眨眼就被推倒在地。

"你这家伙，我要开枪了！让你尝尝子弹的滋味。"

"哇哈哈哈……手枪有什么好怕的，来几颗子弹我尝尝！"

乓！警察开枪了。子弹命中目标，可是机器人像没事人似的放声大笑。

"好你个家伙，给我打！"

为首的一声令下，五位警员齐齐瞄准目标——

乓！乓！乓！乓！乓！

五支手枪一齐开火了。没想到，一发也没打中。原来，就在手枪击发的一瞬间，机器人猛地腾空而起，地面上留下它的大铁鞋。机器人脱了鞋子，飞起来了！

围观的人们"哇"地嚷嚷开了。瞧那个机器人，越飞越高。这家伙能够自由自在地飞翔，难不成也是外星人？人们起初以为它有螺旋桨什么的，仔细看并没有，它以自己的力量飞上了天空。

"哇——"

围观群众中再次爆发出一阵喧嚷。你瞧！那古怪的机器人在半空中掉了个个儿，脑袋朝下脚朝上，以倒栽葱的姿态一直往上飞去，越来越小，最终消失在云层中。

"嗯？这是什么？"一个警官捡起落在机器人铁鞋边的一张纸。上面印着铅字：

去月亮上玩吧

和火星人留下的信息一样。难道火星人和机器人是一伙的？它们出于什么目的现身东京？纸上的那句话又是什么意思？

—屋顶的怪人—

形似章鱼的火星人和机器人现身东京,这事炒得沸沸扬扬,现在全日本都知道了。这两个可怕的怪物让少年侦探团的三个小伙伴吓得不轻,现在又在东京的各地出现,然后消失,现场必定留下印着"去月亮上玩吧""欢迎来到月球"之类的纸片。

这还不算。有时,银座的荧光灯广告牌上也会冷不丁出现"去月亮上玩吧"的字样,令无数人大惊失色。又或者,大街上的广告喇叭也会突然反复播放起"欢迎来到月球"的声音,搞得大家莫名其妙。

像是有人在邀请大家去月球玩。那么,这个人是谁呢?

有一天，明智侦探事务所的小林芳雄接到一个奇怪的电话。

"你是小林君吧？我是电人M。"

"什么？您是哪位？"

"电人M。"

"电人？"

"电人就是电气人的意思。电人M是我的名字。"

小林觉得电话那头的人在拿他开涮。

"这位电人M，您找我有事？"

"我想见见你。"

"具体是什么事情？"

"电话里不好说，见了面说吧。今天下午四点正，请你来日本桥M大厦的天台，我在那里等你。"

小林很熟悉日本桥的M大厦。一楼是银行，二楼到六楼是写字楼。

"我要给你看一样东西，很有趣的。这是来自电人M的挑战，如果你不来，就是我赢了。"

既然是挑战，那就决不能退缩，不管对手是何方神圣。小林答应电人M四点天台见，便挂了电话。之后，他找明智侦探谈了谈，决定赴约。平常都是乘坐公交外出的，今天例外，他驾驶明智侦探的私家车出门。

在"面具恐怖王"一案中，小林芳雄和口袋小子一同发现了埋藏于深山的金银财宝，主人家以巨款相赠表示感谢。明智侦探事务所用这笔钱买了十台步话机，只要带上它，到了哪里都可以和事务所保持联系。此外，还买了一辆车，起名"明智一号"。这是一辆侦探专用车，座椅下面可以藏人，还装着各种各样的化装道具，此外还有安放步话机的箱子，非常方便。

小林芳雄早就学会了开车。自从买来了明智一号，他的车技更加精进，开得稳稳当当。这不，小林驾驶着明智一号来到日本桥的M大厦，乘电梯上了天台。距离四点还有两三分钟，广阔的天台上空无一人。午饭时间天台上比较热闹，上班族聚在这里吃饭，而眼下已经快黄昏了，没人上天台来。天台的两头各有一个出入口，是一间小屋子，里面有楼梯和电梯。

手表指向了四点正。小屋子的门打开了，出来一个怪东西——一个体型硕大的机器人，全身包裹着金属，脑袋是透明的塑料罩子，当中满是电子元件，还闪着两点红光，恰似两只红眼睛。

"这家伙就是电人M呀。"

小林心想。他按兵不动，只见机器人笨头笨脑地一步步朝他走来。

"嗬，是小林君呀。你来得好。你瞧好了，好戏马上开场。"

机器人的破锣嗓子实在难听。小林觉得它就是那个上了报纸的机器人。它走到天台的栏杆旁，俯瞰楼下。楼下的道路铺设了电车轨道，还有不少车辆，从六楼上看下去，小得就像火柴盒子。人行道上的行人简直就是小蚂蚁了。

机器人的右手拿着一叠厚厚的纸，只见它高高扬起，猛地朝楼下抛去。纸张就像雪花一样飘落，纷纷扬扬非常美。行人们发现异样，抬头仰望，有的人甚至展开双臂去接飞落的纸片。

白白的纸片飞过人们的头顶，大家争先恐后去抢。只见纸片上印着一句话：

欢迎来到月球

是谁扔的？人们的视线聚拢到 M 大厦的天台。机器人很淡定，靠着栏杆往下看，惹得人们"哇"地惊叫起来。机器人好可怕。没过多久，两名警员赶来了，冲进 M 大厦的大门。再看机器人，若无其事，一动也不动。这反倒让小林芳雄犯了愁——待会儿警察来了会采取什么行动呢？这几分钟真难熬。

突然，两名警员从天台的一侧出入口现身，随着警员一同上天台的，还有一大群西装革履的人。

"看，就在那里！"有人大声嚷嚷。

这时机器人总算是离开了栏杆，回头看着人们。它开了腔：

"小林君，你瞧好了，好戏开场！动动你的脑子吧。"

话音未落，机器人猛地一个转身，朝另一个出入口狂奔——步伐还是机器人特有的笨拙模样，可是那速度……

小林追了上去，他当然是站在警察这边的。警员们见机器人开溜，死命加速，双方距离越来越近。机器人跑下台阶，来到六楼走廊，闯进一个房间，反锁了房门。小林追到门前，束手无策，只能等大部队前来。

— 大 月 球 —

警员们很快赶到。

"就在这,它进去了。"小林说。

一位警员从锁眼望进去,不料锁眼被堵住了,什么也看不见。这时,房间中传出了人的叫喊声,是两个人的声音。莫非房间里有人,和机器人发生了争执?

"救命啊——"那人好像被机器人整惨了。

"来啊,破门!"

警员一声大喝,用身体咣咣撞起门来,然而门很是牢固,没有坏的迹象,在警员反反复复的冲撞下,铰链松动了,大家一齐推翻了门,闯了进去。

眼前,一位身穿西服的男子正望着窗外。

"机器人在哪里？"警员问他。男子回头说道：

"从这扇窗跳到后院了，不可思议啊，这家伙没有摔倒，直接跑进一楼里了。"

它都能飞上天去，跳个楼简直太简单了。一位警员听了男子的话，说：

"我乘电梯去追，你去打电话，让所里出动警车。"

说完他跑出房间，奔向电梯，身后跟着一大群在M大厦上班的人。留下的警员打完电话，也朝电梯跑去。周边房间来看热闹的人们也各自散去，长长的走廊上不见了人影。这时，那名男子也从刚刚毁了门的房间走出，手里提着一个四四方方的大箱子，他左顾右盼，朝楼梯走去。小林芳雄藏身走廊拐角处，等男子走过来——他觉得此人可疑。说不定，他在警察撞门期间，脱掉了那身机器人的行头，变成了普通人的样子。眼下又见他手提大箱子，更加确信了自己的猜测。机器人的身体是轻金属制成，如果设计成能够折叠的，就能轻松收纳进箱子里。至于那个塑料的透明头罩，可以拆成几小块放进箱子。

小林悄悄地跟在可疑男子的身后。男子没有乘坐电梯，选择走楼梯，大概是怕在电梯里撞见人。这正中小林下怀，一路跟踪到了M大厦外面。男子进了一辆车，车上没有司机，估计是他自己驾驶。小林见状，跑到自家车旁钻了进去，开始马路追踪。

男子的车从池袋驶过丰岛园，开进练马区的旱地里。这时夜幕已然降临，周围黑咕隆咚一片。车辆行驶在广阔田野的土路上，来到一处工地，围着长长的木板墙。男子将车停在木板墙边，打开墙上的一道门，走了进去。小林在距离他五十来米的地方下了车，悄悄地挨近男子的车。那辆车熄灭了大灯，这附近也没有其他照明，所以是漆黑一片，多亏天上黯淡的星光，隐隐约约能看见木板墙。小林挨近男子进入的那扇门，侧耳倾听，忽然，门打开了，那名男子就站在他眼前！

小林被吓得不轻，赶忙要藏身，已经来不及了。

"哈哈哈……我等着你呢。你开车跟踪我，我是知道的。你果然开动了脑筋，比那些警察强多了。"

事到如今躲也没有用，小林壮起胆子，说道：

"这么说，你就是机器人咯？"

"没错，我把机器人的装备折叠好放进箱子。警察万万没想到我化起装来这么快，上了我的当，倒是没逃过你的眼睛。真不愧是明智侦探的学生。"

小林听了他的赞美，一点儿也高兴不起来。他说：

"莫非你就是那个电人M？"

"错。电人M是我们的老大，我是他的手下。你很快就会知道他有多么神通广大了。"

"你明知我跟踪，为什么不逃？为什么要把我引到这里来？"

"请你看好东西呗，做个广告。"

"广告？！"

"对，广告。我们在荧光灯广告牌和喇叭上动手脚，散发印了字的纸片，让火星人模样的怪物和机器人现身，都是做广告。"

"说到机器人，今天你打扮的机器人和飞上天的那个，构造不一样吧？"

"真聪明。飞上天的那个是画成机器人模样的气球，充满了氢气，脱了铁鞋自然就飞起来了。胸口装配了轻金属板，就像穿了防弹背心，子弹是打不透的。"

"那个气球里装了人？"

"哪有什么人。有人还能飞吗？那就是一个气球。"

"那它是怎么说话的？"

"机器人的胸口安装了步话机的扬声器，我们的兄弟躲在水泥墙后面说话，还遥控机器人走路和脱鞋。"

"那章鱼模样的火星人呢？"

"那个是装了人的。外面是塑料，简直栩栩如生啊，跟画上的火星人一模一样。六条腿里有四条穿在人的手脚上，另外两条就随它晃荡了。"

这人把自己的老底都揭了，到底是何居心？小林心生疑窦。

"你们搞这搞那的，要宣传什么呢？"

"这不明摆着的吗，邀请大家去月球玩呀。"

"去月球玩？！"

"哈哈哈……你还没发现么？瞧那里。"

男子说着，手指木板墙内的那片黑暗处。黑乎乎的，看不清有什么东西。

"隐隐约约看得见一个很大很大的东西吧？"

这么说来，远处的确有一个形似山包的庞然大物。小林凝神细看，轮廓是越来越清晰了。那是一个大球，好比放大了几万倍的地球仪，直径大约有五十来米，好像是水泥建造的。再仔细看，球体的表面有许许多多凹凸不平的坑。哦，明白了。这不跟天文望远镜中的月球表面一样嘛。直径五十来米的月球，就在眼前的黑暗中！

"明白了吧？这是地球上的月球，游客乘坐火箭飞向月球，进行登月旅行。我说的火箭还没运来。"

这排场也太大了，难怪做的广告如此惊世骇俗。那么，在这个游乐设施里，又会发生怎样的故事呢？

― 乘坐火箭 ―

一天夜里，一名可疑男子向小林芳雄展示了矗立在练马区农田里的人造月球，之后过了一个礼拜，东京的各大报纸上出现了整版的广告，标题非常醒目："东京的一个角落，出现了巨大的月亮，请大家乘坐火箭，去月亮上探险吧！"广告配有大幅的照片。

东京人顿时笑得人仰马翻。最近闹得满城风雨的火星人、机器人，原来都是人造月球的噱头，玩笑开得也太大了。警视厅传唤了策划这一系列宣传活动的公司高管，狠狠地教训了他们。这事反倒又成了噱头，他们的生意蒸蒸日上，每天都有几千人蜂拥而至，大部分是少男少女，也有领着孩子来看新奇的家长。

人造月球游乐场占地一万多平方米,直径约五十米的半个"月球"雄踞游乐场一角,就像一个倒扣的大碗,高高隆起仿佛小山。其他三个角落有"火箭"的停靠站,游客们在这里穿上宇航服,戴上圆圆的透明氧气面罩,登上高高的台阶,乘上"火箭"飞往月球。说是火箭,其实是用钢缆悬挂于空中的火箭形缆车,只能容纳十五人,但总共有三台,所以一次可以输送四十五名游客。

火箭形缆车沿着钢缆,以飞快的速度直冲月球。在"飞行"了大约三百米之后,来个一百八十度的掉头,以尾部着陆。游客们纷纷从火箭尾部的舱门出来,降落在月球表面上。弧形的月球表面有环形山,凹凸不平,游客们像爬山一样行走着。地面上有不少坑坑洼洼,正好用来落脚,不用担心摔下去。爬到最高处,美景尽收眼底,当真有一种登上月球的感觉。

"瞧,那里也有月亮呢。"

"那是地球。从月亮上看地球就是这样。"

少年们你一言我一语。

眼前的空中，飘浮着硕大的地球，大小是地面看到的月球的好几倍——这其实是一个地球形状的气球，用缆绳吊挂在半空，在机器的带动下缓缓地旋转。此情此景，真令人觉得自己已经远离了地球。

"你瞧，日本在那儿呐！就是那边的小岛。"

"东京在哪儿呢？"

"哪里看得见东京呀。"

吵吵嚷嚷的好不热闹。

月球观光只限二十分钟，时间一到，游客们便顺着月球背面的台阶下去。台阶下面，有一个通往月球内部的门。进门一瞧，原来是天文馆，里面有一座天象仪，巨大的球形天花板上群星闪耀，天花板下面是供游客休息的一排排围成圈的长椅。

这架天象仪不仅能够投射夜空的全景，还能放大局部。刚好地球和月球被放大了，地球发射人造卫星的场面、火箭飞向月球的场面，都历历在目。

"刚才各位就是这样乘坐火箭来到了月球。请看，火箭着陆了，各位走出火箭，进行月球探险。"

扬声器中传出解说。游客们由此联想起刚才的火箭之旅。接下来，镜头进一步放大，播放起组装人造卫星的场面。人造卫星的零部件逐个发射上天，宇航员在宇宙空间中像游泳一样活动，把它们组装起来。然后，天象仪又播放了形形色色的天体。在此之后，游客们便离开了这里，在后门脱下宇航服，走出游乐场。

这个新奇的游乐项目人气爆棚，再加上前期出格的宣传方式推波助澜，有人甚至专程从外地来东京参观。这儿如今已经和东京塔齐名，成为东京的标志性景点，甚至开设了接送客人的专车。

三个月过后，又发生了一起骇人听闻的事情。

── 大 发 明 ──

　　东京都丰岛区一处偏僻的住宅区，有一座两层洋房，孤零零地和周围的民房保持着距离。这里便是化学家远藤博士的研究所兼住所。远藤博士以前在大学当教授，十年前年纪轻轻就辞了职，倾尽家产开展一项研究。博士家中住着他的太太美代子和两个孩子——治郎君和泰惠，治郎君就读中学一年级，泰惠是小学三年级。除了家人，家里还住着助手木村和一个女佣人。至于博士到底在研究什么，家人们都蒙在鼓里，甚至连助手木村也不是很了解。
　　远藤博士家中有一个宽敞的研究室，是坚固的钢筋混凝土结构，当中摆满了各类实验用具和试剂。实验室只有一个出入口，安装了坚固的门，窗户上全部安装了铁栅栏，窗外还有铁板保护，俨然像银行的保险库。

博士成天在研究室埋头搞研究，美代子太太担心他，时不时问他在研究什么。博士答道：

"我研究的东西可是翻天覆地的大发明。除了我没人知道，就连木村君也不知道。这是机密中的机密，不小心传出去的话会出大乱子的。"

现在，这项大发明已经接近尾声，博士喜形于色，时常一个人偷着乐。研究室外的小房子里养了许多兔子，这些兔子是做实验用的。经常是几十只兔子一次性死光了，木村助手负责把它们的尸体埋在后院。这种事情前后发生过好多次，五六年间，后院里埋了几百只兔子，害得家里人心里发了毛，木村助手心里也不舒服。至于这些兔子到底是怎么死的，原因是个谜。

过了一阵，博士的家中访客络绎不绝，都是些衣冠楚楚的绅士，当中还有外国人的面孔，至于是哪国人就不知道了。绅士们在客厅与博士长时间交谈，声音又轻又小。

有一天，木村对美代子太太说：

"博士的发明总算是完成了。他说了，虽然发明是保密的，但总有人觉察到，很快会上门拜访的。有政府的高官，也有外国人。我有点害怕，博士的发明能够颠覆全世界。"

一家人担心得不得了。博士恐怕会遭遇来自三教九流的种种纠缠，最终难逃不测。来者中有一个外国人，目光犀利如剑，那气场仿佛是纵横四海的精干特工，令人不寒而栗。

日子一天天过去，发生了一件更可怕的事情。一天晚上，外出办事的木村助手闯进研究室，见他一脸土色。

"博士，院墙外有可疑的家伙。该不会是盯上了您的发明吧？"

"可疑的家伙？怎么个可疑法？"

"身材高大得像一堵墙，跟相扑力士有得一拼，浑身黑漆墨乌的。"

"浑身黑漆墨乌?!"

"是啊。从头到脚,全是黑的。脑袋有我的三倍大,眼睛血红血红的。"

"你昏了头吧,大街上怎么可能有这种怪物,肯定是看花眼了。"

博士付之一笑。然而没过多久,他便领教了助手所言句句属实。当晚,治郎君在自己的书房学习,做完功课稍事休息,他打开窗,呼吸新鲜空气。窗外是漆黑的院子,远处有树木黑魆魆的影子。

突然,治郎君发现树木间有闪闪的红光。

"哎,那是什么?是不是蛇的眼睛在发光?不可能,蛇哪有那么大的眼睛,而且动物的眼睛不可能那么红……也不像是手电筒的光,真奇怪。"

治郎君是个勇敢的少年,他打定主意去院子里一探究竟,便手持电筒走出房间,从檐廊下到院子,步步挨近发出红光的树丛。

啪嚓,啪嚓……红光明明灭灭。

"是谁?"治郎君一声大喝,同时点亮手电筒,朝那里照去。

― 电人 M 现身 ―

这时，从树丛中冒出一个大家伙。治郎君见状大吃一惊，愣住了。这家伙的身高足足有大人的一倍半，浑身漆黑，身体是金属的，脑袋是个透明的罩子，相当于人眼睛的地方闪着两道红光。它既没有鼻子也没有嘴，圆圆的透明罩子里满是各种小机器。在相当于人嘴的地方，有像是钢琴琴键的细小机械，咔嗒咔嗒地运作着。

"呃呵呵呵呵……"

怪物发出瘆人的笑声。治郎君吓得半死，发了疯似的跑起来，一口气闯进家里，大声嚷嚷道：

"爸爸，不得了了，院子里有怪物！"

"怎么了？出什么事了？"

治郎君的父亲，也就是远藤博士，第一时间赶到现场。他听说有怪物，于是带上手电筒冲过来，可是东找西找，愣是没发现怪物的影子。

怪事接连发生，这下子远藤博士也笑不出来了。他立刻打电话报警，请求警方前来调查。没过多久，附近的警署派来三名警员，将博士的宅子里里外外都搜了个遍，却没有任何发现。搜查结束后，三名警员在博士家的客厅碰头，其中一人一脸纳闷的神情，说了这样一句话：

"博士，那个怪物有点像机器人呀。"

"机器人？"

"前段时间不是有一个人造月球游乐场嘛，很火的，长得像章鱼的火星人、模样吓人的机器人出现在东京各地，搞得大家心惊肉跳的，其实是商家的噱头。"

"说来还真是。治郎看到的怪物跟报纸上登的机器人一模一样。这家伙来我家干吗？"博士百思不得其解，眉头紧锁。

"那个机器人中有真人，也就是个博人眼球的广告小丑罢了，并不是什么怪物。但他为什么进了您家的院子，又为什么在院墙外转悠，这就是个谜了。"

接着，三位警员表了态：

"如果那家伙再次出现，请给我们打电话，我们会第一时间赶来。"

说完便撤了。万万没想到，次日的傍晚，又发生了一件可怕的事。当时暮色沉沉，治郎君的妹妹泰惠和她的妈妈美代子正好走在楼梯下的走廊上。

她们发觉有人正迈下台阶。

"现在还有谁在二楼呀。"两人抬头瞧了一眼。这一瞧不要紧，一个恐怖的身影赫然入目。

"呜呀——"泰惠吓得大叫，就地蹲下了。美代子下意识地捂住孩子保护她。

来者正是那个机器人。而它的脖子上，缠绕着另一个怪物，更是令人汗毛直竖——不是别的，正是章鱼模样的火星人。六条长腿，缠在机器人的脖子上，又大又圆的脑袋，搁在机器人的头罩上，一双邪气逼人的大眼睛，死死地瞪着母女俩。这两个怪物就这么怪模怪样地一步一步走下台阶，泰惠和美代子太太蜷在原地，无助地等待大难临头……

就在这危急关头，走廊另一头传来哒哒哒的脚步声，原来是治郎君听到妹妹的惊叫，赶紧跑来看个究竟。他跑过拐角，一眼就看到了这两个怪物。

"爸爸，快来呀，出事了！"治郎君声嘶力竭。

怪物听到治郎君呼救，一口气跳下三级台阶，背朝治郎君飞奔起来。就在这时，远藤博士赶到了现场，他在听到机器人现身的消息后，立刻打电话报了警。

"爸爸，那家伙冲着研究室去了，那儿无路可走。哦对了，还有木村助手的房间，不过他房间的窗户也有铁栅栏，怪物逃不了的。咱们守在这里，给它来个瓮中捉鳖。"

"说得对，我俩就守在这等警察来。我还带了手枪，要是它往回跑，我就吓唬吓唬它。"果然，博士手里握着一把上了膛的手枪。

两人蹲守片刻,迎面传来脚步声。是不是怪物来了?博士摆好开枪的架势。来的好像不是怪物,听,脚步声是有气无力的。果不其然,原来是木村助手,一脸没睡醒的表情,用手揉了揉眼睛。

"木村君,那个机器人怎么样了?"

"嗯?什么机器人?"

"你没遇上它?这么说它还在研究室。走,去看看。"

博士走在前面,一把推开门,研究室里空无一人。

"该不会是在你的房间里吧。"

博士随即搜查了木村助手的房间,也是空的。明明是无路可逃的,可怪物又一次脱了身。

— "M" —

身躯庞大的电人M究竟是从哪里逃走的？研究室的墙壁、地板、天花板，都没有密道暗门。莫非那家伙会使隐身术，像一股烟一样消失了？不可能，其中必有蹊跷。第二天晚上，又一起怪事接踵而来。

博士的助手木村外出办事，回来的路上，距离博士家约五百米的一个僻静之处，他看到街角红色邮筒的后面蹲着一个奇怪的东西。

"嗯，那是什么？好像不是人，也不是动物，大概是件货物吧。有这么漆黑的货物么？"

木村纳闷，走过去瞧瞧。突然，那个黑乎乎的东西蓦地立了起来，把木村吓傻了——原来是电人M，它埋伏在这人迹罕至的街区，等待木村送上门来。

木村撒腿就跑，不料机器人速度惊人，扑了上来，从背后一把抱住了木村。

"救命啊——"

木村扯着嗓子大声呼救，无奈这一带全是高墙大院，大概没人听得见，自然也就没有人出手相救。电人M将木村一把托起，轻轻松松地走起来。这附近有一片神社的森林，电人M走到一棵大树前，将木村放在树下。

"我不害你，你放心。"

机器人嘴巴部位那些琴键似的机械咔嗒咔嗒动弹个不停，声音就是从那里发出来的，显然不是人的声音，而是电子音。

"你知道远藤博士发明的秘密吧？"电人M说道。

"我不知道，博士守口如瓶，对我这个助手也是保密的。"

"是真的吗?"

"是真的。我虽说是他的助手,平时也就是打打杂,核心的研究都是博士独立完成的。"

"那你就去偷他的化学方程式,事成之后重重有赏。怎么样?"

"不行,写了方程式的本子的确不少,然而最关键的部分博士都记在脑子里了。有的时候即便是写了下来,也不会给任何人看,而是直接烧掉。"

"你给我卖力找,总归能找到的,重重有赏。"

"不行啊,我做不到。"

"这样吧,给你一个月时间,你一定要找到。一个月内找不到,小心吃不了兜着走,让你生不如死。都听明白了?你今天就先回去吧,我是不会食言的。"

话音未落,电人 M 就悄无声息地消失在森林深处。木村君愣在原地,完全蒙了。刚才的经历就像是一场噩梦,非常不真实。过了一阵,他无精打采地回到博士家中,连报警的气力都没有了。对方神出鬼没，追也是白追，它是不可能落网的。

之后，木村与博士在研究室中轻声交谈。

"是这样……你对我实话实说，我很欣赏。你的生命安全由我来保证，不会让你少一根汗毛的。就像你说的，我的发明就保存在脑子里，没有任何书面资料。你就告诉它，想尽了办法，也没打探出任何秘密。"

博士说着，用手拍了拍助手的肩膀，安慰他。

"我也是这么打算的。不过对手底细不清来历不明，天晓得会使出什么鬼把戏，您也多加小心。"

"嗯，我心里有数，马上报警吧。"

博士说完便起身走出房间，关上门刚走出五六步，助手又打开了门，探出脑袋来，压低声音呼唤道：

"博士，您过来一下。"

"怎么了？你的脸色不好看啊。"

"您快来，快点。"

脸色苍白的木村助手一手指着门内，另一只手招呼博士快来。博士三步并作两步折返研究室。木村走到房间正中央，直挺挺地站着，眼睛直勾勾地盯住一侧的墙壁。

"啊！"博士不禁失声。

刚刚墙壁还是雪白的一片，眼下却出现了一个硕大的"M"！

"木村，这不是你写的？"博士厉声喝道。

"冤枉啊。我何必搞这种恶作剧呢？刚才我走到门边，忽然听到房间中有轻微的声响，回头一看，墙壁上就有了这个字。必定是一个肉眼看不见的家伙用黑色的蜡笔写的。"

如果用的是蜡笔，那么一定是横过来写的，笔迹足足有三厘米宽。昨天那家伙在这个房间里像一股烟一样消失了，今天它没有现身，却神不知鬼不觉地溜进房间，在墙上写了字。

博士马上报警，警察赶来，将研究室再一次搜了一遍，没找到任何线索，倒是确认了这个研究室的确没有密道暗门。

空中的声音

一个星期后的一天夜晚,远藤博士参加学术会议,深夜坐车回家。车将住在附近的朋友送到家后,只剩博士一位乘客了。车是远藤博士的私家车,司机是知根知底的熟人。

车开到博士的家附近,拐过街角,对面就是博士宅子的围墙。车灯打在围墙上。

"啊呀!"

眼前所见令博士失声惊叫,不由自主地微微起身。原来,围墙上有一个又大又黑的"M"!

"天啊!"

司机也吓了一大跳。随着汽车改变方向,车灯圆圆的光圈在墙上移动,而那个"M"竟然也随灯光一起移动着。

"这是怎么回事……"司机自言自语，停下来走出车外，检查起车辆的大灯，"博士，搞清楚了，原来是车灯的玻璃上被人写了一个'M'。哎？车灯里还装了一片透镜。我明白了，如果单单写在玻璃上，灯光打上去字会发虚，所以特地安装了写了字的透镜。到底是谁搞的恶作剧？"

司机不知道"M"的来历，饶有兴致地侃侃而谈。而博士却觉得被人抽了一记耳光。"M"毫无疑问是电人 M 的名字，它为什么如此执著地凸显其存在感呢？当初它许以重金，要木村助手偷出博士的秘密发明，后来它隐匿踪迹，偷听了博士和木村在研究室的谈话，知道了木村不会就范，便采取下一步行动——说不定这个频繁出现的"M"，就是行动开始的信号！

以上是博士的推测，他觉得千万不能麻痹大意了。博士的推测很快就成了现实，电人 M 的确在酝酿一个大大的阴谋。

博士回到家中,立刻打电话报警。刑侦队长领着刑警上门取证,先是查看了博士的私家车,而后给汽车大灯上的"M"拍照,带回去进行笔迹鉴定。此外还查了车灯玻璃上是否有指纹,发现指纹都被擦得干干净净,没有残留任何痕迹。

当天深夜,远藤博士独自躺在床上,忽然发觉有一个黑乎乎的小东西从天花板上飘飘悠悠地落下来。

"嗯?"博士定睛一看,眼见这个黑东西膨胀起来。起初只有大约五厘米那么大,很快就变成三十厘米、五十厘米……几乎快落在博士头顶了。

"哎呀,是电人M!"博士在心里喊出了声。

没错,正是电人M。那个可怕的机器人形象赫然入目——脑袋是透明的罩子,射出两道红光,嘴巴的部位有一排钢琴键似的"牙齿"。机器人的体型越来越大,一米、一米五……没过多久,就恢复了平时的大小,压在博士头顶上方。

博士要跳床,却像是被捆住了,动弹不得,要呼救，也发不出声音。电人 M 那张可怕的脸蓦地挨近博士，塑料头罩紧紧地贴在博士的额头上，两道红光就像闪电，直刺博士的眼睛。

"哇——"

博士大叫一声，挣扎反抗起来……接下来，他醒了。原来是梦，惊出了一身冷汗。

"老天，是梦啊。"

他环顾四周，枕边，淡蓝色灯罩的台灯发出昏暗的光，无法照亮卧房的角落。突然，博士打了一个激灵，朝昏黑的墙角望去，那里有什么东西。

他跳下床，按下墙上的开关，吊灯照亮了整个房间，没有异常，深夜的卧房寂静无声。然而，总觉得有什么不对劲。虽然看不见也听不到声音，但总觉得房间里有什么东西。博士在房间里转来转去，没有任何发现，而那种感觉始终都在，让他心里发了毛，但碍于面子，博士强忍心中恐惧，没有大声喧哗惊扰家人，而是返回床铺钻进被窝，尽管丝毫没有睡意。

就在这时，耳边传来轻微的吱吱呀呀声。博士起初以为是天花板上老鼠磨牙的声音，后来这个声音越来越大，最终成了人的说话声：

"远藤，睡不着是吧。听得见我的声音吗？"

类似金属摩擦的声音，非常刺耳。博士保持沉默，那个声音自顾自说起话来：

"我是电人M。我所拥有的电的力量是全能的，做任何事情都不在话下，比如像现在这样隐身跟你说话。不过，我本事再大，也没办法了解你的内心。所以，我想和你交个朋友，请你加入我们，告诉我你发明的秘密吧。荣华富贵，应有尽有啊。

"你的发明太伟大了，可谓是震古烁今……何止是震惊世界，简直可以毁灭世界！难怪三教九流都来买你的发明，还包括外国的特工。可是你谁也不卖，令人佩服。于是我就出马了。我是全能的，可以为你做任何事情。你不想要钱？没事，说出你的愿望，我替你实现。

"怎么样，答不答应？站在我这边，保管你有靠山，要是和我作对，小心吃不了兜着走！你答应还是不答应，痛快点。喂，你倒是说话呀。"

"我不答应！"博士仰面朝天躺在床上，厉声答道，"我的发明只用来造福日本，不，只用来造福人类。要是落在坏人手里，那就是灾难，因为用它可以毁灭全世界。到现在我也没有告知日本政府，因为我知道，这个发明一旦公之于众，会惹出大乱子的。也许我会终生保守这个秘密，把它带进坟墓里。它就有这么可怕，我怎么可能把它卖给你这种坏人。"

显然，博士决心已下，不可动摇。

"哼哼哼……好一个远藤博士，佩服佩服，我倒要看看你还能犟多久。实话告诉你，为了搞到你的发明，我早就在酝酿一个大计划，你是想破脑袋也想不到的。首先，我要让你大吃一惊，瞧好了，你们家要大祸临头了。到时候，就是哭哑了嗓子也没人救得了你。"

听了怪物的威胁恐吓，博士咬紧牙关保持缄

默。话不投机半句多嘛。

"算你硬气，咱们走着瞧！"

怪物恶狠狠地撩下一句话，之后便没了声音。隐形的电人M大概出门去了。

三天后的傍晚。

远藤治郎君在书桌前看书。窗外狂风呼啸，院子里树木的叶子被无情地刮落，在空中乱舞。治郎君猛地一抬头，眼前便是窗玻璃。

"啊！"

他不禁叫出声来——窗玻璃上出现一个大大的"M"，并非手写，而是由许许多多的树叶拼贴而成。

研究室中的怪物

次日早晨，治郎君去院子查看窗玻璃，终于搞明白了：电人M潜入院子，在窗玻璃上用胶水写了"M"的字样，大风天，飞起的树叶就粘上了。转念一想，它的神出鬼没也是够吓人的。

治郎君上学后，把他的所见说给好朋友森田君听。森田君是少年侦探团的团员，马上给出了建议：

"你去找明智侦探商量呗，去之前先跟我们的团长小林君说一说，他肯定有好办法。"

当天放学后，森田君领着远藤治郎前往位于东京都麹町的明智侦探事务所。侦探不在，他的助手小林芳雄热心地接待了两位来访者。

"电人M我很熟,它曾经把我叫到日本桥M大厦的楼顶,我还开车跟踪它到了人造月球游乐场。那时我觉得电人M单纯是商家的噱头,现在看来果然另有名堂,那个游乐场也很可疑。电人M为了得到你父亲的发明,也许会绑架你,就让我们一起来保护你吧。

"说不定它今天晚上就会采取行动。我和森田君一起,驾驶侦探的'明智一号'去你家边上蹲守。万一发生什么,我会用步话机报警,所以你别太担心,我们一定会保护好你的。"

小林团长的一番话令治郎心里踏实多了。

当天晚上,远藤博士的家中又发生一起怪事。时间已经过了九点,在研究室埋头工作的远藤博士去起居室喝杯茶稍事休息,之后通过走廊回研究室,遇到木村助手。助手见到博士,好像吃了一惊,问道:

"博士,您不是在研究室吗?"

"我去了趟起居室喝杯茶,现在回研究室。"

助手听了，更是一副不可思议的神色：

"不对呀，博士刚刚还让我去叫治郎呢，我刚领着治郎进了研究室呀。您说您去了起居室，那么研究室里的那位是谁呀。"

"你见到我本人了？"

"没有，光听见声音了。您是隔着我房间的门打招呼的，我没见着您本人。"

"奇了怪了，赶紧去看看，我可没让你去叫治郎。"

两人急匆匆赶到研究室跟前，要打开门——门被反锁了，打不开。室内传来治郎君的嚷嚷声：

"我不愿意和你走！"

"你说什么都没有用，我要把你带走！"

这吱吱呀呀的金属腔听着好耳熟——是电人M的声音。电人M潜入研究室，妄图拐走治郎君。

"快来人呐……救救我……"

是治郎君在呼救。事态紧急，刻不容缓，博士用身体去撞门，咣！咣！咣！两次、三次……门板吱呀作响，铰链终于松动了，整扇门斜斜倒下形成一道间隙，足够一人通过，博士闯了进去。怎么没有人？窗户上的铁栅栏完好无损，但找遍了也没发现人影。电人 M 又使出魔法消失了，这回不光是它自己，把治郎君也变没了，到底是什么鬼把戏呀？

─蓝色轿车─

与此同时,博士的家门外也出了一桩怪事。一辆蓝色的小汽车停在围墙外,大灯熄灭,像是在等什么人。过了一阵,大门处出现了一个巨大的黑影,朝汽车走来。

这黑影正是机器人电人M,透明头罩里闪烁着两道红光。电人M怀抱着一个少年——手脚被捆住,嘴里也被塞了东西,细看正是远藤治郎。他好像昏了过去,浑身瘫软,有可能是被下了麻药。

蓝色小汽车的司机打开后座的车门,电人M先把少年扔了进去,自己随后上车。电人M的体型很大,直立着是进不去的,只得弯腰钻进去,之后咣当关上门,扬长而去。

这台车刚拐过街角，另一台黑色的小汽车便悄悄地发动，沿着远藤家的围墙行驶起来，对前者进行跟踪。车上坐了三位少年，手握方向盘的是小林芳雄，后座上的两位分别是治郎君的好朋友森田君和口袋小子。三位少年从傍晚起就蹲守在博士家附近，见电人M抱着治郎君坐进车里，便迅速钻进停在附近的明智一号，开始追踪。

"那家伙的车牌号是32458，我记下了！"森田君说。

"是1960年款的蓝色雪佛兰。"手握方向盘的小林补充道。

电人M的雪佛兰上了大街，一路疾驰，从丰岛区开到了练马区。这练马区就是人造月球游乐场的所在地，电人M该不会是要把治郎君带去那儿吧。不，电人M的车在某住宅区的一户人家的大门边上停下了。大门边是车库，司机下车打开库门，尔后上车驶入车库，又将库门关上——没有人下车，电人M、治郎君、司机，全进了车库。小林芳雄一行三人下了车，躲在电灯柱后面目睹了这一幕。

"奇怪，开着车就进去了。难道车库后面有出口？口袋君，你去车库后面瞧瞧。"

得到小林的命令，口袋小子一口答应，立刻动身跑去查看。四周光线昏暗，再加上他身材矮小，一转眼工夫就不见了踪影。口袋小子就像一只猴子爬上铁门，潜入院子中，来到车库后面，看看是不是有后门。

这个车库孤零零地建在院子中央，两侧和后面都是水泥墙，没有出入口。这么看来，电人M、治郎君还有司机应该还在车库中。查明情况后，口袋小子翻出门外，回到小林身边向他汇报。

"好，赶紧报警吧。"

小林说着，取出车中常备的无线步话机，开始联系侦探事务所：

"是小步吗？赶紧打电话报警，我跟踪电人M到了练马区。M现在藏身车库，请警察快来捉拿。"

接着小林详细说明了车库所在的位置。小步报了警，不出两三分钟，附近巡逻的警车就会赶来。这期间，小林等人躲在电灯柱后面，监视车库的动静。库门依然紧闭。电人M到底在里头干什么呢？

没过多久，一辆警车驶来。随后又来了两辆，总共三辆白色的警车来到现场，都没有鸣警笛。因为他们知道电人M还在车库里，就在半道上关了警笛，以免打草惊蛇。三辆警车上下来六位警员，小林赶紧迎过去，将刚才的所见所闻说了一遍。警员们点亮手电筒，走近车库门。

电人M成了瓮中之鳖，它再厉害，也敌不过六个精明强干的警员。想要躲避警员追捕，恐怕比登天还难。

— 神了！—

　　两位警员用力往上拉车库门，结果是纹丝不动，看样子是反锁了，于是另两位警员按响门铃，唤出住户。屋主大约五十来岁，听说电人M在车库里，吓了一大跳，拿着备用钥匙，跟随六位警员和小林等三人来到车库前。几人组成人墙堵住门口，一同过来的寄宿学生拿着备用钥匙插进锁眼，咔嗒一声，锁开了。

　　两扇车库门静悄悄地打开，车库中漆黑一团。在三条手电筒光柱的映照下，蓝色的雪佛兰轿车隐约可见。

　　"哎？没人呀！"

　　轿车上空无一人。座位下面，后备厢里，都搜了个遍，愣是没人。车库的空间几乎被轿车占满，三面是水泥墙，地板是铁板，根本无处可逃。

"你瞧！车牌号是32458，就是电人M的车。"小林芳雄看见了车牌，大声说。

警员们彻底检查了墙壁、地板，甚至钻进车底，能查的都查了，没有任何可疑之处。

"小林君，你确定那家伙进车库了？应该不会看走眼吧。"一位警员面有难色，他们知道小林芳雄是明智侦探的得力助手。

"不会看错的。我亲眼看到那家伙抱着治郎君上了车，车进了车库，门就关上了，我们一直监视着，一刻不放松。太神了！那家伙真的会魔法吗？"

所有人都百思不得其解。这当中到底有什么奥妙呢？这时一位警员向房屋主人提问：

"这车是你的吗？"

"是我的，1960年的雪佛兰，车牌号也没错。这么说，电人M偷了我的车，出去胡作非为了？"

"只有这种可能性。它或许偷了您的车钥匙和车库门钥匙，要不就是偷出去另配了一把。您有什么线索吗？"

"这么说起来，就在一周前，这两把钥匙的确遗失了。可是过了两天，又出现在抽屉里，我心想大概是自己健忘了。现在看来是被偷了出去，配了备用钥匙。"

屋主后悔不迭。这人是一家贸易公司的高管，名叫樱井。

且说这电人M也太神了，三番五次显神通，真是高深莫测：有一天晚上，它走下远藤博士家的楼梯，都以为它去了研究室，结果就此消失了；就在木村助手眼皮底下，一个隐形的家伙在研究室的墙壁上写了一个大大的"M"；再说今晚，治郎君被叫到研究室，里头传出与电人M争斗的声音，撞开门一瞧，空无一人。

研究室的窗户上安装了铁栅栏，而且天花板、地板、墙壁上绝对没有密道暗门。就在这样一个密室中，电人M和治郎君竟然都消失了。现在，同样的怪事又一次发生。铺设铁板的地板、水泥墙，整个车库无缝可钻，进车库的三个人本应关在里头的，现在又不见了。

各位读者，你们怎么看？这当中当然有不为人知的奥秘，一切都是电人M搞的鬼把戏。不过，真相有朝一日总归要大白于天下的。这起事件还有一个谜——远藤博士的发明到底是什么。震惊世界，甚至能毁灭世界……是什么发明如此惊人？当然不是核弹，因为它们早就被发明了。

电人M似乎隐约知道博士发明的内容，妄图据为己有，以此震惊世界。这项大发明要是落入坏人之手，天下大乱恐怕是在所难免，所以必须阻止电人M。偏偏就在这个节骨眼上，电人M拐走了博士的儿子治郎君，以此要挟博士交出发明。

治郎君被带到哪里去了？该不会在一个不为人知的秘密场所饱受折磨吧？

— 大侦探出马 —

小林芳雄和口袋小子出于无奈，决定打道回府。到达侦探事务所时，已经是夜里十一点了。外出办案的明智侦探也已经回到事务所，小林和口袋小子去了侦探的书房，报告今晚的怪事。

听两人的介绍，且不说当晚三人消失在车库中，远藤博士家中真当是怪事连连。尤其是博士的研究室，动辄发生人员消失的事件。这电人M本领不亚于日本古代的忍者，不但能隐藏自己，还能隐藏别人。除此之外，研究室的墙壁上出现了巨大的"M"字，博士私家车的大灯被人安装了写有"M"字样的透镜，博士的卧房明明没有别人，却听到了电人M的说话声等等，不一而足。

"侦探，难道那家伙真的会魔法吗？"

侦探微微一笑，反问道：

"小林，你怎么看？你也认为它会魔法？"

小林思考片刻，答道：

"我不这么认为。"

"那么这一系列的怪事是怎么发生的呢？"

"电人M的鬼把戏呗。"

"具体说说。"

"搞不明白。侦探，请您出马调查吧。我都一头雾水了。"

"嗯，我会查的。明天我去远藤博士的家一趟。小林君，这个电人M是个大坏蛋，实力和我们旗鼓相当。你瞧好了，很快就会出大事的。对了，口袋小兄弟，这回也需要你来帮忙，有个任务非你莫属。"

接下来，明智侦探微微一笑，压低音量，向两人面授机宜。

—天花板上的眼睛—

次日上午十点,明智侦探带领小林芳雄去了远藤博士家中。但在这之前,上午八点,博士家中又有异样。

一个身穿灰色毛衣、灰色裤子,头戴灰色贝雷帽的小孩,潜入博士家门,从空房间的窗户溜进室内,灵活得好比一只小松鼠。从房间来到走廊,他留心四周,紧贴墙壁靠近厨房。这孩子身材矮小,再加上一身灰色衣裤,在昏暗的走廊下非常不起眼。他走到厨房附近的一处储物柜前,悄无声息地打开柜门,爬到最上面的那一层,然后合上了柜门,里头一片漆黑——突然亮了起来,原来这孩子带了手电筒。

他照亮储物柜的顶部，那是一块普普通通的木质天花板，他往上推了推，木板嘎嘎作响，松动了——这是专供电气布线用的出入口。远藤博士的宅子是一座老旧的洋房，只有一小部分盖了两层，其余的平房部分，天花板和屋顶间有间隙，可以容身。这个孩子掀开天花板，爬了上去。各位读者想必早就猜到这孩子的身份了吧。没错，他就是口袋小子。口袋小子受明智侦探的委托，开始了一场冒险。

电气布线的出入口，一般都在厨房附近储物柜的上面。口袋小子当然知道这一点，找起来毫不费力。随后，口袋小子手持电筒，趴在满是灰尘和蜘蛛网的天花板上匍匐前进，终于到达指定的房间上方。

"就是这儿了！"

口袋小子从天花板上的四方口子朝下望去，自言自语道。这个口子是下面房间的通风口，有铁丝网遮挡。透过网眼，可以清清楚楚地看见房间内的景象。这间房的主人是谁？口袋小子心里有数，我们当然还蒙在鼓里。

房间里有床，有桌子，桌上有书，还有椅子，相当朴素。口袋小子观察了好一阵，突然有人进来了，做了一些令人瞠目结舌的事情。口袋小子看了个够，又在天花板上调查了好一阵，发现了不少秘密，随后逃离博士的家，乘计程车回到侦探事务所，向明智侦探一一汇报。

明智侦探和小林芳雄随后出马，上门拜访远藤博士。

—秘密箱子—

明智侦探在出门前给警视厅打了电话,和好友中村组长商讨片刻。此后致电远藤博士,说是要上门拜访,随后驾驶明智一号赶往博士家中。博士等来两位客人,领他们去了客厅,将过去发生的事情一五一十地告知,向明智侦探求助。

"那么我们就开始调查吧。对了,您的那位木村助手在吗?"

"在他自己的房间里,房间就在研究室的前面。"

"那我们先去会会他吧。"

远藤博士带路,明智侦探和小林芳雄首先进了研究室,仔仔细细地查了一个遍,每一个角落都不放过，甚至还拿来了梯子，检查了天花板。之后几人一同走进了木村助手的房间。见到来客，木村助手从椅子上起身，一脸惊讶的表情。博士向助手介绍了两位客人。

"木村先生，今天我们要彻底搜查这所房子。刚刚搜查了研究室，你的房间离研究室最近，所以现在搜查你的房间。"

明智侦探说完，在房间中踱来踱去，东看看西看看。

"解谜的关键，是四方形的窗户和秘密的箱子。怪物从窗户跳出去，怪物也从箱子里跳出来，我找的，就是这个窗户和箱子。"

明智侦探的话让人摸不着头脑。

"您说窗户？研究室和这间房的窗户都安了铁栅栏。"博士迷惑不解。

"您误会了，我说的窗户不是那种窗户，而是另有所指，您很快就知道了。其次是秘密的箱子，我打算把它从这间房里找出来。"

真是莫名其妙。

"啊？在这间房里？除了床和桌子，这里什么都没有。橱柜倒是有一个，您请看，里头都是些杂碎。"木村助手说着，打开橱柜门给侦探看。

"那个箱子不是那么容易找的，它藏在一个意想不到的地方。我找给你们看，就在这里。"

明智侦探大步流星地走到床边，一把掀起床单，又掀起毛毯，再掀起垫被……

"哎呀，您这是干吗？这是我睡觉的床啊，有什么好怀疑的。"木村助手见状要去阻止。

"奥秘就在这张床上，你或许还蒙在鼓里吧。这就是秘密箱子。"

明智侦探把床上用品都丢了个干净，又把下面的床板用力抬了起来。你猜怎么着？床板下面有一个箱形的空间，明智侦探从这个长约一米二的箱子里取出了一个奇怪的东西，当着众人的面展开。

"啊！是电人M！"小林不禁惊叫道。

没错，就是电人M的那层皮，卷成一团塞在这里。塑料的透明头罩、黑乎乎的金属外衣，毫无疑问就是电人M的行头。人穿上它，就成了机器人。这套行头出现在木村助手的床下面，意味着什么呢？在场者无不目瞪口呆。

就在这时，响起了敲门声。正好在门边上的远藤博士开了门，见三位西装革履的人站在门外。

"啊，中村君，你来得正是时候。我刚发现了一个秘密。"明智侦探热情地打招呼。

"你的一通电话就把我叫来了。听你的安排，我在这户人家的正门和后院分别布置了三个人，这两个也是我的部下。"

"干得漂亮。你们要好好守住，坏人就在这里。"

"啊？在这里？"

"嗯，很快就能见分晓。你们进门来，守在门边上。"

明智侦探告诉中村组长等人发现了电人M的伪装，而后用手指着箱子里的另一样东西说：

"那是录音机。电线从箱子的一角通到床下面,沿着地板的缝隙,从对面的那根屋柱一直通往天花板的通风口。电线就藏在屋柱和墙壁之间的缝隙里,乍一眼看不出来。远藤先生,刚刚我说的四方形窗户,就是天花板上的通风口,不光是这个房间,研究室和您的卧房都有类似的通风口。少年侦探团的口袋小子今天早上悄悄爬上了您家的天花板,发现这几个房间的通风口都有这种电线。"

"原来如此。这么说来,我在卧房里听到的声音、研究室里电人 M 和治郎争斗的声音,都来自于录音机咯?通风口上装了扬声器吧。"博士恍然大悟。

"正是。坏人事先录好电人 M 和治郎君的声音,找准时机播放出来。这样一来,密室的谜题就破解了。研究室里传来电人 M 和治郎争斗的声音,其实里面并没有人,声音来自于扬声器。"

"那个时候治郎君在哪里呢?"

"在秘密的箱子里。"

"就是这个……"

"没错。坏人把治郎君塞到床底下了，恐怕还堵住了他的嘴。"

"是这样啊。等风头一过，就把他拐到别处去了。不过我还有几点不明白。电人M第一次出现的那天晚上，它从楼梯上下来，朝研究室走去。那条走廊是走不通的，却也没见它折返，就这么消失了。"博士想不通。

"过了一阵，木村助手就从房间里出来了吧。您拿着手枪严阵以待，等来的不是电人M，而是木村助手。"

"对啊，这么说……"博士似乎明白了什么。

就在这时，木村助手冷不丁朝门口冲去，被守在门口的中村组长一把拦住。各位读者，木村为什么要逃呢？莫非他和坏人是一伙的？

"木村君，我有话要对你说，等我一会儿。那么远藤先生、中村君，现在我来解释剩下的几个疑点。首先，研究室的墙壁上和汽车大灯上出现了

'M'字样，想必两位已经揣摩得八九不离十了。远藤先生走出研究室之后，留在研究室里的木村叫住了您，回去一看，墙壁上出现了硕大的'M'。很显然，写字的人就是木村。

"再来说说汽车大灯上的字。远藤先生在回家途中，先把朋友送回家，木村利用您中途停车的空当，在玻璃上写了字。想必木村事先知道您会送人回家，便早早在那里等候。当时天黑光线差，他趁着司机不注意，偷偷搞了鬼。"

— 木村助手的真面目 —

明智侦探继续说道：

"关于电人M的疑点还有两个。其一，电人M走下楼梯，朝研究室走去，从此消失。我们知道，走廊是走不通的，只有研究室和木村的房间可走，但这两处的窗户都安了铁栅栏，绝对不可能逃脱。然而身躯庞大的电人M竟然一股烟似的消失了。

"远藤先生拿着手枪守在走廊，这时木村君从走廊的那一头出来了。明白了吧？电人M没有进研究室，而是闯进了木村的房间，在那里脱下伪装，藏在床下面的箱子里，又急匆匆地回到走廊。"

听到这里，远藤博士一脸迷惑地问道：

"当时出来的的确是木村君。是他化装成了电人M吧？"

"没错，他就是电人M。这家伙想窃取您的发明，于是伪装成助手住了进来，可是您断然拒绝了他，他便拐走了治郎君当人质，逼您交出发明。"

博士更加不解了：

"不对劲呀。木村君说有一天晚上被电人M拉进神社的小树林，挨了好一顿威胁恐吓。假如木村就是电人M，这件事该怎么解释呢？"

"那件事是木村自己说的吧。您并没有亲眼所见，也没有别的目击证人，他想怎么编就怎么编。"

"哦——原来如此，那是他瞎编的呀。"

博士佩服侦探的洞察力，同时注视着站在一旁的木村助手。他是个二十五六岁的青年，人也不怎么机灵。万万没想到，他竟然就是那个可怕的电人M。

"木村君不富裕，他哪有钱去搞一身那么贵的装备？"

"他可不穷，他是大富翁。"

"木村君是大富翁？！"

"是的。他看上去是年轻人,其实年纪不止这点,这张脸是假的。"明智侦探的话真让人摸不着头脑,他狠狠地瞪了木村一眼,厉声道,"我说木村君,我知道你是谁,你还是招了吧。"

"哇哈哈哈哈……"

房间中突然爆发出可怕的大笑。大家都吓了一跳,闻声望去,狂笑者不是别人,正是木村助手。他笑着面朝墙壁,双手摆弄起脸来,随后转过身——

"哎呀!"见者无不惊叫。这人的长相与木村完全不同。

"哇哈哈哈……明智君,好久不见呀,你的眼光还是那么毒。不过,我还没输呢。"

这个人看上去有三十五六岁,一张凶恶的脸,跟原先老实敦厚的木村简直判若两人。远藤博士觉得自己在做梦,怎么木村面朝墙壁一阵,转过身来就成了大坏蛋呢?中村组长等人也大吃一惊。

"电人M……你的点子还真不少呀,二十面相君。"明智侦探微笑着说。

化装成电人M的木村助手，他的真正身份竟然是可怕的怪盗二十面相。这个化装大师据说有二十张不同的面孔。刚才他面朝墙壁卸去化装，从一个二十五六岁的青年变成三十五六岁的男子，这事对他来说简直小菜一碟。

"又是你！二十面相，这次你休想逃跑！"中村组长厉声喝道。

"中村君，咱们也有一段时间没见面了。看你挺精神的嘛，不错不错。你别担心，我这次乖乖跟你走。来来来，上手铐。不过我再说一遍，我可没输，别小看我的智慧呀。哈哈哈……"

"你还嘴硬。这回一定要好好治治你！"中村组长给手下使了个眼色，一位警员过来给二十面相戴上手铐。

"哈哈哈……这样我就逃不了了，你放心。对了明智君，你还有一件事没解释清楚。那个车库，你搞明白了？"二十面相的口气里不乏挑衅。

"我还没去调查，去看看就知道了。论智慧，你以为我会输给你吗？"明智侦探针锋相对。

"那这样吧。我跟你一道去车库，你当着我的面揭开谜底。"

二十面相真是异想天开。中村组长听了不乐意了：

"当务之急是救出治郎君。说，治郎君在哪里。"

"这事跟车库有关系。你不带我去车库，就休想找回治郎君。"

"这么说来，你把治郎君藏在车库里了？"

"这我就不知道了。可能明智君知道的比我还多呢。别废话了，快走吧。"

情况变得很微妙，二十面相显然是要和明智侦探斗智。对坏人言听计从，还真的是史无前例，不过眼下只能听他的，否则他拒不交出治郎君。于是中村组长不情不愿地答应了。

明智侦探从来没去过那个车库，却要当场揭开谜底，他做得到吗？

车库的秘密

时间早已过了正午，警方给二十面相解了手铐让他吃饭，还给在屋前屋后蹲守的六位警员分发了快餐盒饭。吃完午餐，几人分别乘上四辆车，出发前往练马区樱井先生的车库。

最前面的车搭载了明智侦探、小林芳雄和远藤博士，第二辆坐着三位警员，第三辆坐着中村组长、两位警员以及被包围在中间的二十面相，最后一辆坐着其余三位警员——布控如此严密，二十面相是插翅也难飞。

没过多久，一行人来到樱井先生的车库前。这一带比较僻静，不少人家都有一个围着篱笆的大院子，树木青葱，环境幽静，几乎见不到行人。

大家下了车,八位警员将戴了手铐的二十面相团团围住。小林在前面引路,明智侦探、中村组长向屋主樱井先生表达了搜查车库的意愿。樱井先生对车库的秘密是一无所知,所以很快便答应了,自己也领着司机,走到屋外。

司机打开车库门,那辆蓝色的雪佛兰轿车就停在那里。明智侦探只身进去,调查片刻,便微笑着出来了。

"现在我们来做个实验,你去把车开出来吧,我开自己的车进去。"

司机听从明智侦探的吩咐,把雪佛兰轿车开了出来。

"各位瞧好了。"明智侦探说完,和小林君一同上了明智一号,缓缓开进车库。

"请关上车库门,我按响喇叭之前别开门。"侦探从车窗探出脑袋大声吩咐道。樱井先生的司机便关上了车库门。接下来会发生什么呢?其余几人静静地注视着车库门,现场鸦雀无声。

大约过了十来分钟,车库里传来鸣笛声。司机立刻打开车库门。明智一号就在眼前,小林芳雄在车里。

"请过来仔细查看。"小林招呼各位。

中村组长、远藤博士和樱井先生三人随即进入车库。

"明智君呢?"中村吃惊地问道。

"侦探消失了。"

"真的?到底怎么回事。"

中村搜查了车底、坐垫下面、后备厢,可疑的地方都查了个遍,就是没找到侦探。他随后四处敲打车库的墙壁、地面的铁板,没发现有暗门密道。

"奇了怪了。小林君,你知道是怎么回事吧,说给我们听听。"

"好,我现在就揭晓谜底。请大家上车,然后把门关上。"

听了小林的话,中村组长和樱井先生让人关上车库门,然后上了车。小林走出车外,在车库的一处墙角蹲下,不知道他搞了些什么名堂,只听得"喀嚓"一声,随即响起了马达运转的嗡嗡声。

"啊?咱们的车是不是在往下沉呀?"

这种感觉就像乘坐升降机,明智一号缓缓地往下沉,眼看着车库的天花板和汽车拉开了距离。过了一阵,大家都明白了:原来,在车库的下面,有一个比车库还大的水泥房间。右手边非常宽敞,明智侦探正笑眯眯地望着他们。车库天花板上亮着灯,灯光惠及这里。

"嗬,明智君,你在这里呀,这排场挺大呀。原来车库的整块地板都是活动的。樱井先生,你不知道这里有机关?"

听了中村组长的质疑,樱井先生眼睛瞪得溜圆:

"我哪知道呀。这所房产是我从别人手里买来的,搞这些名堂的,应该是原先的业主。"

"看来这原先的业主,实际上就是二十面相,要么就是他的手下。他们厚着脸皮卖给你,自己还留了一手,把车库当作临时避难所。"明智侦探分析道。

"那……我的治郎君在哪里?"远藤博士迫不及待了,打开车门的同时急匆匆地问道。

"我也曾怀疑治郎君藏在这里,可实际上不在这里。这里什么也没有,除了这些东西。"明智侦探朝墙根指了指,只见一些玻璃球似的东西,又看到一些铠甲似的金属服装。

"嘿哟,这些东西跟木村床底下的东西一模一样,是电人M的伪装!"中村组长嚷嚷道。

"没错。那家伙到处藏了这些道具,要用的时候信手拈来。"

"对了,怎么操纵地板升降的?开关在什么地方?"

"铁板上有不少铆钉,其中一粒就是。那么多铆钉,找起来可花了好一番工夫。"

"难怪刚才小林君蹲在那里忙活了一阵。这么说昨天电人M拐走了治郎君,然后……"

"你猜对了。首先降下车子,和治郎君一同藏好,然后把空车升上去,警方自然扑了个空,等风头过去,再降下地板又升上去,趁着没有人,悄悄打开车库门逃之夭夭。电人 M 的装扮太惹眼,所以就脱下来丢在这里了。"

这下车库之谜已经完全解开,一干人等便升上去,走出车库外。明智侦探走近被八位警员包围的二十面相,对他说:

"二十面相君,看见了吧?你的车库已经不再神秘,这场较量是我赢了。"

"哈,真不愧是大侦探,我服了。这个车库我可是花了大价钱建造的,后来由樱井先生接手,不过我没告诉他车库里有机关。"

"真像你的做派。为了博人眼球,还真是不惜血本呐。好了,我们说好的,告诉我治郎君在哪里。"

这时二十面相回了一句莫名其妙的话:

"你是真糊涂,还是假糊涂?"

"很遗憾，我真的不明白。"

二十面相狡黠地笑了笑。其实，明智侦探也侧过脸去微微一笑，二十面相对此没有察觉。这些人葫芦里都卖些什么药呀？

"请你告诉我治郎君在哪里。先前不是说好的吗？"

远藤博士恳请二十面相开金口，想到一直在自己手下工作的木村竟然是可怕的二十面相，心里说不出的滋味。二十面相对博士的请求充耳不闻，自顾自仰望天空，天晓得他在想些什么，足足沉默了五分多钟。在场的其他人也都沉默着，仿佛大家都成了一动不动的木头人。

打破沉默的是明智侦探：

"二十面相，你为什么不吱声？想什么呢？"

"绝招。"二十面相吐出一个词。

"绝招？！"明智侦探吃惊不小。

大侦探猛然意识到自己失算了，刷地变了脸色。

黑色怪鸟

二十面相见明智侦探迟疑,狡黠一笑,说道:

"你不知道我二十面相的绝招吗?任何情况下我都会留一手,我还没有落网呐!"

被总共十二个人包围,还戴着手铐,竟然说自己没有落网,到底是怎么回事。

"看那儿!"

二十面相抬头遥望。天空中好像有一个黑点,飞快地靠近——是一只黑色的鸟。不是乌鸦,也不是黑鸢,模样很可怕。是老鹰,是金雕?不不不,东京怎么可能有老鹰和金雕呢?

大家望着怪鸟出神,眼见它越来越大,比乌鸦和黑鸢大多了,是一只乌黑巨大的怪鸟——不祥之兆啊。

这时,它已经逼近大家的头顶了。咕隆隆,咕隆隆,声响震耳欲聋,巨大的翅膀在地面投下阴影,刮起一阵疾风。

"哎呀!"在场者无不惊叫,下意识地蹲下,蜷缩起身体。

就在这时,怪鸟噌地探出两条黑腿,一把抱起原地伫立的二十面相,恰似猫头鹰捕捉田鼠,随即扬长而去。

"哇哈哈哈哈……这就是我的绝招,现在领教了吧!"

二十面相的笑声被怪鸟的振翅声掩盖,众人只听了个大概。他们眼巴巴地看着怪鸟掠走二十面相远走高飞,成了天边的一个小黑点,最终消失不见。这突如其来的变故让所有人傻了眼,呆呆地站着,直愣愣地望着天边,说不出一句话来。

"明智君,那是什么呀?哪来的怪鸟,太吓人了。"中村组长完全蒙了。

"直升机。"明智侦探仍然望着天边。

"直升机？！"

"是我疏忽了，那家伙早就有飞行装备了。那只怪鸟其实是伪装成鸟的直升机，二十面相的部下藏在里面，往下伸出手，看上去像鸟的两条腿，一把抱起他。我还忘了二十面相是拆手铐的高手，你看，手铐掉在那里。"

顺着侦探手指的方向望去，地上果然有一副解开的手铐。

"手铐是怪鸟落地的时候解开的，紧接着他把手脚伸进怪鸟腹部的吊环，牢牢固定住身体。我没料到那帮人竟然会从天而降。想必二十面相的手下就藏在近处，看我们离开远藤先生家，一边跟踪，一边打电话联系同伙出动怪鸟直升机。二十面相这家伙，总是不按常理出牌。"

"这么说，这次我们又上了他的当咯？"中村组长苦笑道。

"现在就认输为时尚早。"

"嗯？此话怎讲？"

"他有他的绝招，我也有我的。"

"你是说魔高一尺，道高一丈？"

"就交给我吧。我一定把他的老巢查个水落石出。我知道怎么去那儿。这个任务，交给少年侦探团的小个子团员再合适不过了。小林君，我觉得口袋小子不错，那孩子一定能行。"

"对，口袋君最合适。在奇面城的案件里，他藏进皮包，潜入奇面城，本事大着呢。"小林微笑着说。欲知详情，请看拙著《奇面城的秘密》。

那么去二十面相老巢的路怎么走？口袋小子又会如何大展身手呢？敬请拭目以待。

— 红和蓝 —

话分两头。我们来看看被二十面相拐走的远藤治郎。他被下了麻醉药,昏昏沉沉中被抬下车,走了好多路,不知道身处何处。

睡了好久,治郎君猛地苏醒过来,发现自己躺在床上。房间很奇怪,没有窗户。就在这时,一个粗野的男子端着盛面包和牛奶的盘子走了进来,他似乎一直在等待治郎君苏醒。

"来来来,吃东西吧,别饿着了。你可是咱们的贵宾,待会儿给你瞧好东西。你就好好歇着吧。"

房间没有窗户,不知道现在是白天还是黑夜,事后想一想,当时应该是被电人M拐走的第二天中午。

治郎君肚子饿了,将面包和牛奶一扫而空,完了坐在床上,思考如何逃走。过了一阵,又有人送吃的来了。面包、牛排,好一顿大餐呀。治郎君很快吃了个干净。之后那个男人拿着黑布条进来了,他说:

"来来来,带你去瞧瞧好玩的。不过我要先给你蒙上眼睛。"

说着用黑布条蒙上了治郎君的眼睛。他牵着治郎君的手,七弯八拐绕来绕去,走到一处房间,给他卸下蒙眼布,一把将他推倒在冰冷的水泥地上,说:

"你在这儿等着。"

虽然没东西遮眼,但眼前仍然是一片漆黑,伸手不见五指。这里显然是室内,那为什么会这么黑呢?从没有窗户这一点来看,说不定是地下室。

治郎君倒在地上一动不动,过了一阵,周身啪地亮起红光,红得像血。看自己,全身就像沾满了鲜血,恶心极了。没见着电灯,想必房间四周有许多隐藏起来的红灯炮。一转眼，灯灭了，黑暗再度占领房间。又过了一分钟，蓝光亮起，感觉就像身在海底。蓝色的空间一直延伸出好远好远，世界上有那么大的房间么？

蓝光突然灭了，又是漆黑一团。这回不再亮了，眼前仿佛有一片延伸几百米的广大黑暗，让人心里直发毛。治郎躺在黑暗中一动不动，不认识路，想逃也逃不了。就在这时，黑暗中出现了两个蓝色的光点，是动物的眼睛么？紧接着，身边的黑暗中，又出现了一对蓝色的光点。治郎君心脏一颤，眼见这蓝色的光点越来越多，很快就遍布四周，多得数不清。它们微微颤动着，恰似几百只萤火虫在树叶上爬来爬去。

当中的几个光点逼近治郎君，就好像某种神秘的动物瞄准了猎物，悄悄靠近。治郎君吓得要逃，支起手臂坐起身，突然感觉摸到了奇怪的东西——软软的，好像是橡胶，这东西爬上手腕，慢慢爬到肩部。治郎君打了一个激灵，伸手去掸，没想到这东西很黏人，掸不掉。它竟然从肩部伸到脖子，缠绕上了！

太恶心了，治郎君不禁尖叫起来。四周应声刷地变成了红色，灯光好像是声控的。就在这一片鲜血一般的红色当中，他看到了一个极其可怕的东西——大人一般高的"章鱼"！顶着大人脑袋两倍大的圆脑袋，光溜溜的没有毛发，两颗铜铃般的大眼睛炯炯放光，眼睛下面没有鼻子，只有一个突出的尖嘴。它有六条腿，软乎乎地相互缠绕着，当中的一条正缠着治郎君的脖子，章鱼的腿是有吸盘的，而它的腿上什么也没有。

它不是章鱼，而是像章鱼的怪物。那怪异的大脑袋几乎要贴住治郎君的脸了。

"妈呀——"

治郎君再次惊叫，挣扎着要逃。这时，挡住他视线的大脑袋往边上挪了挪，治郎君看到了后面的情形。这一看不要紧，治郎君的心脏差点跳出嗓子眼——血一般的红光中，乌泱泱几百只章鱼怪，用六条腿支撑住过大的脑袋，扭来扭去晃晃悠悠。红光又消失了，黑暗中再次出现几百只萤火虫飞舞的场面，很快蓝光亮起，章鱼怪又像是在海底游动。

治郎君反应过来，这些家伙并非章鱼怪，而是和电人M一道大闹东京的火星人，也就是那天缠在电人M肩头、从自家楼梯上下来的那个怪物。现在问题来了，为什么这里有这么多的火星人？这里到底是什么地方？自己该不会是来了一场星际之旅，到了遥远的外星球吧？

没过多久，耳边传来"嘎嘎嘎嘎"的噪声，是火星人的叫声。这时蓝光消失，红光亮起，两种颜色的切换越来越频繁，越来越快速，蓝、红、蓝、红……治郎君眼见一大群章鱼怪逼近自己，满眼是硕大的头颅、铜铃般的大眼睛和扭来扭去的软腿，把自己团团围住。

―小黑人―

在二十面相被怪鸟带走的一个小时后，两个少年打开樱井先生家的车库门，悄悄溜了进去。其中一人是小林芳雄，另一个是小个子，一身黑衣——黑运动服、黑裤子、黑运动鞋，连脑袋上都套着黑色的面罩，只在眼睛的地方剪了两个洞，露出一双滴溜溜打转的眼睛。各位读者想必都猜到了。这个小黑孩，就是即将踏上冒险征程的口袋小子。

两人进车库后合上门，小林蹲在车库的一角，按下地面铁板上的铆钉。整块铁板便载着樱井先生的车开始往下沉，触及车库下密室的地面后，小黑孩一个箭步跳离铁板。

"口袋君，你大显身手的时候到了。这次的任务非比寻常啊。"

"你放心吧，我一定找到治郎君。"

"好，那你多加小心。"

"知道了，你上去吧。"

小林和口袋小子告别，又按下铆钉，铁板便往上升去。下面的密室没有灯，漆黑一团，口袋小子点亮手电筒，密室比上面的车库大多了，他在水泥墙上一阵摸索。

"就是这个！"

说着从口袋掏出一根银色的小棍子，用力一甩，这根二十厘米长的小棍子一下子变成一米五的长棒子。这是魔术师用的"魔术棒"，几根粗细不同的金属管子套叠在一起，伸缩自如。它不属于少年侦探团的"七件宝"，而是小林芳雄的专用工具。口袋小子为了这次任务，特地向小林借来一用。

他用伸长的棒子使劲戳了一下墙壁的高处。原来那里也有一个隐藏的开关，用来打开密室里的暗门。按钮所在的位置是他身高的两倍，不用棒子是够不着的。且说口袋小子按下开关后，水泥墙边出现了缝隙，而且越来越宽。厚约二十厘米的水泥墙就像保险库的一道门，缓缓打开，墙的后面出现一条黑魆魆的通道。

当时，明智侦探对中村组长所说的"我也有我的绝招"指的就是这里。这条通道必定通往二十面相的老巢。明智侦探发现了这道暗门之后，对谁也没有透露，而是让口袋小子去探个究竟。

口袋小子走进通道，摸索了好一阵，才找到关门的开关，用魔术棒使劲一戳，厚厚的水泥墙便恢复原状了。谨慎起见，口袋小子关了手电筒，周围一片漆黑。一个小黑孩走在黑暗中，即便中途遭遇二十面相的手下，也不会被察觉。

他用右手触摸墙壁，一步一步朝里走。这条通道很长很长，左弯右拐，时不时上下台阶，似乎没有尽头。

— 移动地板 —

　　口袋小子估计走了不少于两百米,还是没有走到头。二十面相竟然偷偷地建造了这么长的地下通道,其雄厚的财力物力令人惊叹。

　　走了五百米……不,六百米……说不定是七百米,终于到头了。途中没有遇见任何人,即使遇见了,口袋小子也不担心——看看他这身行头,黑头套黑手套,黑衣黑裤黑鞋子,从头到脚都是黑的。万一中途遇见人,紧紧贴在墙壁上就行了,对方不会发现的。在过去,口袋小子的这身打扮几次欺骗了敌人的眼睛,屡试不爽。

　　眼下通道到了头,前面是水泥墙挡道,没路了。口袋小子心里有数,这里不可能是终点,肯定有暗门。他开亮手电筒，仔细查看眼前的墙壁。

"找到了！"

果然有一个暗藏的开关，跟车库里的开关差不多隐蔽，乍一眼是看不出来的。口袋小子取出魔术棒，按了一下开关，水泥墙悄无声息地移开，再往前走，原来是一个漆黑的房间。这里或许有人，不可轻易使用照明，口袋小子扶墙摸索前进。很快就触及拐角，沿着墙走了好一段路，又走到一处拐角……接连有八个拐角。口袋小子暗暗吃惊：

"这个房间原来是八角形的。真大呀。"

他继续走，还有拐角，九、十、十一、十二……没完没了，这房间也太大了吧。口袋小子有些吃惊，便开亮了手电筒一瞧。

"什么嘛，不就是个四方的小房间嘛。"

他哑然失笑。因为房间漆黑一团，他依靠手来感知，每拐一个弯就误以为是一个角，八个角也好十个角也罢，其实只是在一个房间里打转。这个房间没有门，墙上倒是有四方形的缝隙，推了一把，竟然推开了。

外面是一处走廊。口袋小子也不知道往哪边走好，索性走了右边。走廊弯弯曲曲的，有不少暗门，他推了推，有的能推开，有的推不开。只要是能推开的，口袋小子都会进去调查，打开电筒照一照，竖起耳朵听一听，没有任何动静，房间是空的。

口袋小子打开第五个暗门时，感觉这个房间与众不同，好像有人的气息。他悄悄潜入，双手往前摸索着匍匐前进。忽然——

"啊！怎么有个软乎乎的东西。"

他吓了一跳，不由得缩了手，基本可以断定那是一个人。口袋小子死死地盯住眼前的黑暗，见对方既不逃跑也不攻击，心一横，啪地开亮手电筒又迅速熄灭。如此短暂的一闪，已经让口袋小子看清了对方——是远藤治郎。他无精打采地躺倒在地。

"我是口袋小子，你别怕，大家很快就来救你了。我负责打头阵，来探探情况。"

治郎君听了,放下心来,不过他依旧是一言不发,似乎连搭话的力气都没有了。过了好一阵,他终于有气无力地开了腔:

"告诉你,这儿是鬼屋。满地都是长得像章鱼的火星人,我可被它们整惨了。不过,就在刚才,它们都走开了。"

接着,治郎君把刚才惊心动魄的所见所闻讲给口袋小子听。没过多久,发生了一件怪事——自身并没有运动,却觉得身体在往前挪。紧接着空中传来一个可怕的男声,十分低沉,却响彻整个房间:

"啊哈哈哈……害怕了吧?你不觉得自己正在动吗?是地板在动,你不用走路,想去哪就能去哪。我带你去一个好玩的地方。"

事后才搞明白,这个装置相当于是一个巨大的传送带,油毡地面整体在运动。两人挪到房间门口,对面的地面也运动起来,载着两人往前走。其实口袋小子一路走过来的那条走廊本身也是传送带的构造,只不过当时没有动罢了。说不定将来城市的道路也会变成这样，人只要站在上面就行了，不需要乘电车开汽车，想去哪就去哪。真佩服电人M，早早地就在自己的老巢里采用如此先进的设备。

　　口袋小子神经高度紧张，眼下还不知道自己会去哪里，不过一旦到了明亮的房间，必然会暴露，所以必须隐蔽好自己。他打定主意，在治郎君身后好远的地方趴下，全身紧贴地面，将自己融入地面的黑色。

—成为神的电人 M—

过了一阵，两人被带到一间满是神秘机器的房间。光线虽然昏暗，但并非先前的伸手不见五指，大致能看清周遭的情形——一排排很大的机器发出沉闷的嗡嗡声。眼前的机器想必是发电机，嗡嗡作响。到处竖立着褐色的多层电瓷，电瓷之间密布着粗大的电线，到处噼里啪啦火花四溅。随处可见玻璃管，当中闪着紫色的电弧，歪歪扭扭像无数条小蛇。总之整个房间里充满了电，光看着就令人头皮发麻。

口袋小子在进门的一瞬间就一跃而起，闪身躲进机器的阴影里。这里有那么多机械，太方便藏身了。这时地板停止运动，治郎君也站起身，呆呆地望着这个充满神秘气息的房间。就在这时，对面的门开了，可怕的电人M现身。它慢条斯理地说：

"治郎君，你别怕，我不会拿你怎么样，只不过要留你住一段时间。给你看些好玩的吧，免得你无聊。"

电人M的嗓音就像是齿轮转动时发出的吱吱呀呀声。他继续说道：

"这是我发明的电气房间。用电的力量，我可以做到任何事情。我可以用电融化人和动物，还可以用电造出人和动物，想造多少就造多少。刚才你也见识到了可怕的火星人，那都是我造出来的。都说神创造生命，现在你也看见了，是我创造了它们，所以说，我就是神。我先让你见识一下融化人吧。"

电人M说着，使了个眼色，一个穿着运动服的青年走了进来，看样子是他的部下。

"现在我要融化你，给治郎君开开眼。你别怕，我会让你复活的。"

房间的角落立着一个巨大的铁柜，一个侧面的正当中嵌着一块高两米宽六十厘米的玻璃板，透过它可以看到柜子里面。那个年轻人从背面的入口走进柜子，就站在玻璃板后面。柜子里有些照明设备，微弱的光线打在他身上。

"治郎君，你瞧好了。"

电人 M 说着，喀嚓按下墙壁上的一个开关，整个房间忽然晃动起来，就像发生了地震。玻璃管中的紫色电弧变成鲜血一般的红色，四处电火花飞溅，吓人得很——有的像一团火，有的像一把扫帚，有的像一支滴溜溜打转的弹簧，白色的，蓝色的，黄色的，噼里啪啦，喊哩喀嚓，令人眼花缭乱。

且看柜子里的男青年，眼看他融化了！面部、胸口、手和脚，全都像融化的蜡烛一样走了样，一眨眼工夫，全身的肌肉溶解了，只剩下一副骷髅！

"啊哈哈哈……吓到了吧。你别害怕，我最厌恶杀人了，现在就把他复活。"

电人M说着切换了开关。这时整个房间中飞溅的火花顿时变了颜色，蓝色的变成橙色的，红色的变成粉色的，又是好一阵缭乱。玻璃板后面发生了新情况，那副骨架眼看着生出了肌肉，恢复成原先那个青年。过了一会儿，他便从柜子背后走了出来，微微笑着鞠了一躬，径直走出房间。

"现在让你瞧瞧制造生命，看这边的机器。"

电人M说着，走到房间的另一边，那里摆着一台满是齿轮的机械，好像印刷报纸用的那种大型轮转机。电人M说：

"这是制造生命的机械。现在正好安装了火星人的模子，造出火星人的躯壳，但是并没有生命。给它们注入生命的，是那边的电力。现在我就演示给你看。"

说着，电人M按下了几个开关，房间里顿时喧闹起来。齿轮喀嚓喀嚓的运转声，物体咣当咣当的撞击声，响成一片。只见一些黄色的粉末从一个金属箱子中流出来，注入机器上方的一个巨大的金属漏斗中。莫非这就是制造生命的原材料？

这些粉末在机器当中流转，渐渐地成了形，最后从机器最下方的口子挤出来——这不就是火星人么？和人类一般高矮，长得像章鱼。电人 M 用双手抱起它，递到治郎君眼前，说：

"你瞧，这就是用塑胶做成的皮囊，还不具备生命。瞧好了，现在我用电的力量让这家伙活过来。"

房间里堆着一些棺材似的褐色箱子，好像是绝缘材料制成的，不导电，而两端则有用来通电的端子。电人 M 打开其中一个的盖子，把火星人的皮囊放进去，接着吃力地把箱子抬上一条架设在电瓷之间的金属轨道，在它的两端接上电线，按下三个按钮。

这下子青色、红色和黄色的电火花同时迸发，声势比先前更大，伴随着紫色的烟雾，房间中电光闪闪，一刻不停。且看玻璃管中的蛇形电弧，红色的变成蓝色，蓝色的变成紫色，色彩缤纷，绚烂夺目。

治郎君被闪得睁不开眼，不禁蒙住了眼睛，呆呆地站着。

过了大约五分钟，治郎君耳边突然传来电人M的声音：

"你瞧，我已经给它注入生命了，打开盖子看看吧。"

治郎君睁开眼，电火花已经不闪了，大概是电人M关闭了开关。他走近棺材形状的箱子，一把掀开盖子。你猜怎么着，咕容咕容冒出一个大脑袋来，是火星人！刚才还是模子里造出来的死皮囊，现在已经是活物了。火星人蠕动着六条腿，扒拉住箱子边缘，一使劲，就从箱子里爬出来了。

治郎君吓个半死，惊叫一声撒腿要逃，可是被电人M死死地按住肩，动弹不得。

"哈哈哈……别怕，不会把你怎么样的。去去去，一边玩儿去。"

电人M就像训小狗一样命令火星人走开，火星人便乖乖地蹲在了墙角。

事情一发不可收拾。电人M一个接一个造出火星人的皮囊，给它们通上电赋予生命，一个多小时，就造出了十来个活的火星人。

这十来个火星人乱哄哄地聚在房间的角落，嘎嘎嘎地叫着，听得人心里发毛。

"怎么样？很有趣吧。我是电人M，没有我办不到的事。给机器装上狗形状的模子，就能造出狗来。兔子、猴子、绵羊，想造什么造什么。人也一样。我的手下当中有不少就是我造出来的。

"说说你爸爸的发明吧，太伟大了，连我也没得手，这才绑架了你，给你看些有意思的东西，哈哈哈……"

电人M被自己的话逗乐了。

口袋小子躲在机器后面，电人M的一言一行看在眼里听在耳里，是心也惊肉也跳。没想到这个电人M有这么大能耐。

这里不是久留之地，二十面相的老巢还没摸透呢。口袋小子打定主意，从房间的另一个门溜出去了。

— 不可思议的手下们 —

口袋小子顺利逃出电人M的机房，来到走廊，像河流一样移动不止的传送带地面已经停住不动了，这样倒是方便行动，再加上走廊里光线昏暗，正中口袋小子下怀。

他摸索着墙壁，朝着深处进发。这条走廊不亚于迷宫，岔道不少，左弯右拐，走着走着，仿佛又回到了原地。堂堂口袋小子也迷了路，在走廊里来来回回了好一阵子。忽然，他发觉身后有人的动静，便下意识地紧紧贴住墙壁，幸好走廊昏暗，口袋小子小小的身躯随即和墙壁融为一体。

电人M（也就是二十面相）悄无声息地走过。他做完了实验，把治郎君关起来，然后回自己的房

间去。口袋小子开始跟踪。只见二十面相拐了两个弯,停下了脚步,小声念了一句:

"芝麻开门。"

这句咒语来自《阿里巴巴与四十大盗》的童话。只要念动咒语,再难开的门都会自动打开——那不过是童话而已,当真不得。

不料二十面相话音未落,他面前的墙壁像一扇门一样打开了,吓了口袋小子一跳。其实这也是用电的机关,一旦"芝麻开门"的声波传到安装在墙壁上的小麦克风,暗门就会打开。声音锁跟保险库的密码锁一样,必须符合一定的排列组合,否则门是不会开的,既安全又方便。

且看那扇门打开后,里面射出耀眼的白光。二十面相走了进去,门便自动合上了。殊不知小黑孩口袋小子已经闪身潜入,躲在背阴的地方。

这是一个约四十平方米大小的大房间,室内珠光宝气,一派辉煌。四面墙全是玻璃柜,里面陈列着无数珠宝,周围笼罩着迷人的光晕。口袋小子彻底惊呆了，万万没想到，在这地底竟然有如此美轮美奂的美术品陈列室。

之前，二十面相在山中的奇面城建造了巨大的美术品陈列室，小林芳雄和口袋小子前去"捣乱"，使得收藏品悉数被警方没收。没想到他这回在东京建造了偌大的地下基地，把新入手的收藏品放在这间屋子里。

房间门口恰好摆着一具精美的木雕柜子，口袋小子躲在后面，窥视二十面相的行动。房间正中央有一张大桌子，周围摆着一圈长椅，二十面相悠然地坐下，从桌上的金色烟盒中抽出一支香烟，用金色的打火机点着了。香烟的味道飘到口袋小子这里来了。

芝麻开门！

过了一阵，暗门悄悄打开。估计是有人喊了一声"芝麻开门"。知道咒语的，必定是二十面相的得力干将。

进门的是两个人。这两人形象差别太大，站在一起，让人看了心里有种说不出的滋味。一个是三十来岁的绅士，西装笔挺，另一个是要饭的老婆婆，一身破破烂烂的和服。见她一头花白头发乱糟糟的，脏乎乎的脸上布满皱纹，而且一只眼睛瞎了，怎么看怎么讨人嫌。

两人大大方方地在二十面相跟前落座。只见要饭的老婆婆在怀里掏了一阵，抓出一把名贵的珍珠项链，哗啦丢在桌子上，看样子有个七八串。

"今天就这么些，银座宝玉堂的上好珍珠，二十九号（指了一下身边的绅士）干的。我坐在店门口，二十九号把一把珍珠丢进我怀里，没事人似的走了。不巧店员发现了，追上二十九号，还搜了身，结果当然是一无所获。谁也没想到我这个坐在店头的糟老婆子是他的同伙。"

老婆婆的嗓音竟然是粗野的男声，可见"她"是男人假扮的。这时"她"那只瞎掉的眼睛也睁开了。

"干得很好，这珍珠质地很好啊。对了，你下次别打扮成乞丐了，化装用一次就够了。"二十面相用铁手抱起项链，满足地说。

这两人随后走了出去，过了一阵，暗门又开了，穿着黑色立领西服的男子走了进来，手里拿着警察的大盖帽。他毫不客气地坐下，从前胸取出一根长长的"棒子"搁在桌子上。原来是一幅古画卷轴。

"这可是国宝。"他洋洋自得。

"干得不错，博物馆里搞来的？"电人M一边用铁手展开卷轴一边问道。

"是的。您看我这一身，穿了博物馆保安的衣服混进去的。我给真正的保安下了药，扔进储藏室，轻轻松松就把这幅画搞到手了。别的保安都没把我当外人，我轻轻松松就溜出来了。"

"干得不错，这下我就有十二件国宝了。大家继续努力，争取把博物馆的收藏品全部搞到手。"

部下出去后，二十面相开始打电话：

"远藤博士吗？……您认识我的……什么？不认识？……呵呵，前段时间我还给您当助手呢……对对对，我就是电人M……还有一个名字叫二十面相……哈哈哈哈……没吓到你吧？……贵公子平安无事，我照顾得好好的。

"什么？要我交人？没问题啊。只要拿您的大发明来交换。您把发明的秘密全部告诉我就行了，否则我拒绝交出治郎君。您要是坚决保守秘密，那就再也别想见到他了……啊？下毒手？您觉得我是那种人吗？我从来没有杀过人，也不会杀人，不过是把治郎君藏起来罢了，您一辈子也见不到他了。

"您不必现在就给我答复，请您三思而后行，我会再联系您的。再见。"

他说话的口气是客气又和蔼，说的事情却是无情而残忍。口袋小子听了这番话，彻底明白了二十面相的阴谋。所幸治郎君没有生命危险，不过还是要尽快救他出去，让他少吃点苦头。眼下得赶紧设法逃离这里，联系上明智侦探和中村组长。

且说二十面相打完电话后，又先后接见了五六个部下。有的人脸上蒙着面纱，身穿华丽的长裙，俨然一副贵妇人派头。她走进房间后摇身一变，说起话来完全是男人的腔调。有的人脸上拍着厚厚的白粉，鼻下留着一撮仁丹胡，身穿短了一截的小西服，脚踩一双大得过分的大皮鞋，手里挥舞着短杖——原来是打扮成卓别林的小丑。还有的人和电人M一模一样的打扮，走路时齿轮转动，吱呀作响。

这帮奇装异服的手下挨个把当天的收获放在桌上，然后离去。瞧这些赃物，颇有些说道的宝刀、小小的包金佛像、装满戒指的珠宝盒、西方名画家的油画等等，不一而足。一天就能收获这么些好东西，难怪陈列室里宝物琳琅满目。二十面相的大手笔让口袋小子吃惊不小。

就在这时，房间中响起了吱吱吱的警报声，二十面相听到后赶紧起身走出房间，口袋小子紧随其后。

— 黑人会议 —

又来到昏暗的走廊。二十面相走在前面七弯八拐,绕来绕去。这儿的地板是普通的水泥地,而不是传送带式的。过了一阵,走廊变成一条狭窄的地道,尽头是往上走的台阶。二十面相往上走去,身后不远处,便是口袋小子小小的身影。

台阶走到头,一堵水泥墙挡住了去路。二十面相按动开关,整面墙便缓缓上升。走过去,只见满天繁星。

"哎呀,这就走到外面了?"口袋小子喜不自禁。既然来到外面,那么想去哪就能去哪了。这里似乎是公园里常见的户外音乐广场,借着星光,隐约可见好几排座椅围成弧形。越靠前的座椅低,越靠后的座椅高，仿佛学校里的阶梯教室。长椅上坐了五十来个黑乎乎的东西，像是妖魔鬼怪。

二十面相在场地正中央的椅子上坐下，身旁赫然站着一个漆黑的光头大怪物，这家伙竟然有好几个又大又圆的秃脑袋。过了一会儿，传来一个声音：

"人到齐了！"

二十面相听见，忽地站起身。光头大怪物和电人M并肩站立，好不瘆人。不过它们的身高差别实在太大，有好几个脑袋的大怪物是个巨人，身高足足有电人M的十倍。

"各位！"电人M可怕的声音响彻全场。

"每周例会现在开始。首先是老调重弹，我重申一下。本组织的宗旨，是收集全世界的美术品。不是从人家手里买，而是偷。我毕生的愿望，是成立二十面相大美术馆。我们也偷钱，偷钱是为了过日子，不是最终目的。我给了你们很多钱，你们个个是有钱人。我们在任何情况下都不杀人，我最讨厌见血。这条底线请务必坚守。

"为了得到远藤博士的大发明，我特地当了他的助手，卖了不少力气，结果是徒劳无功，这才出此下策，绑架了博士的儿子远藤治郎君。他是贵客，要好好招待。话说回来，博士哪天交出发明，我哪天还他儿子!

"在不久的将来，远藤博士的发明就是我的了。到时候，老子就天下无敌啦！即便与世界为敌，我也不怕。凭借我的智慧、二十张不同的脸，再加上博士的大发明，我就能为所欲为。所以，请各位务必看管好治郎君，别让他跑了。他是本次行动成败的关键。

"我现在不是二十面相，是电人 M。各位都知道，我建造了一个多么庞大的电气之国，在此，我要感谢各位恪尽职守，兢兢业业。

"啊——电气之国！我们的征途是星辰大海，我们正在创造外星人！其中的奥妙，各位都明白。我的话讲完了，各位有什么看法，尽管提出来。"

"没有意见！"

"完全赞成！"

拥护电人M的声音此起彼伏。那些黑乎乎的"妖怪"原来都是二十面相的部下。他们穿黑衣黑裤，戴黑色面罩，只在眼睛的地方剪了两个洞——瞧这一身打扮，跟口袋小子简直一模一样。只见他们齐齐起立，一齐呼喊道："电人M，万岁！电气之国，万岁！"

呐喊声惊天动地，令口袋小子胆战心惊。二十面相竟然有五十多个手下，每天从日本各地——准确地说是世界各地搜罗美术品。装扮成电人M盗取远藤博士的发明，也不过是达成目的的手段，多么可怕的大犯罪团伙啊。

"没什么了不起，我们有明智侦探，还有小林团长。待会儿就让你们大跌眼镜！"

口袋小子打定主意回侦探事务所，便动身离开，一番探索后发现，这片场地的四周全是高高的围墙，没有出口。这里难道是深宅大院的内部？奇怪……到底是什么地方啊。

口袋小子显身手

口袋小子想要离开这里,却碰了壁。他沿着围墙摸索出口,不想围墙很长,没有尽头,而且不是笔直的,而是有些弧度,包围着那些座椅。

"奇怪。围墙竟然是圆形的,东京有这样的公园吗?"

口袋小子纳闷。这时他抬头看了看天,有一个惊人的发现——墙壁的外面竟然一颗星星也没有。

"嗯?云遮住了星星?"

他回头望了望身后的天空,依旧是繁星满天。这就很奇怪了。这里的天空分成了两片,一边没有云,一边有厚厚的云……

"啊!我明白了!"

口袋小子恍然大悟——这里是人造月球的内部！那个有好几个脑袋的怪物是天象仪。樱井先生的车库在练马区，人造月球同样在练马区，这两个地方也许非常近，二十面相想必在两地间修建了地道。对了，小林团长不是说过吗？二十面相和人造月球或许有什么关联。看来他猜中了。

这个天文馆在白天是景点，招揽客人来参观，一到了深夜，就成了二十面相犯罪团伙的聚会场所。而且，他在地底下修建了自己的老巢。谁都想不到，游人如织的景点下面竟然是二十面相的老巢。他不仅靠收取门票费赚钱，还利用这里掩人耳目，如此异想天开的事情只有二十面相才能做得出来。

口袋小子沿着围墙一直往右前进，不一会便到达了出入口。门上了锁，推不开。无奈之下，只得继续往前走，又看见一处出入口，门是开着的。原来，这里是游客的休息室。宽敞的房间里只亮着一盏灯，光线昏暗。

现在可以确定，这里就是天文馆。休息室的一角有一个高台，上面摆着一个花瓶，足足有八十厘米高，十分漂亮。当中没有插花，也没有注水，仅仅是摆设而已。想必这也是二十面相偷来的赃物。

口袋小子盯着花瓶看了一阵，然后爬上高台，把手伸进花瓶中，确认瓶中没有水。

"游客们就是在这里脱下宇航服，还给工作人员的吧。这么说，那边的柜子里应该有宇航服才对。"口袋小子曾经来这里参观过，知道一些情况。

"嘿嘿嘿嘿……"

口袋小子突然乐不可支，窃笑不止，一定是想出了什么鬼点子。随后，他返回天文馆。天文馆内漆黑一团，二十面相的部下刚开完会，一半人刚起身，一半人还坐着。

"哎呀，好疼啊！"

一个部下忽然小声惊叫，他的腿好像被什么东西了咬了一口，赶忙低头看了看——什么也没有。

"哎哟！"

不远处，又有一个人被咬了。接着"哎哟""哎哟"的喊疼声此起彼伏，大家纷纷低头看下面。

"好像有东西啊，该不会是狗吧？"

"不是狗，嘴没那么大。可能是老鼠。"

"老鼠怎么会咬人呢？肯定是有什么稀奇古怪的动物跑进来了。"

"都打开手电筒，找一找。"

啪嚓啪嚓，四处亮起灯光。部下们纷纷开亮手电筒，照了照长椅下面。

"你们看，有个漆黑的东西！"

"是人！小孩子！"

"大伙儿上啊！抓住他！"

口袋小子终于暴露了。原来，他仗着个儿矮，在长椅下面钻来钻去，狠狠地揪他们的腿。就这样，黑暗中展开了一场猫捉老鼠的游戏。二十面相的部下虽然人多势众，也不敌口袋小子灵动敏捷，他嗖嗖几个闪身，就轻松摆脱了众人的追捕，活像一只机灵的小松鼠。

"瞧！他去那儿了！"

"哈哈捉到你了……哎呀，又给他溜了。小鬼头太能溜了。"

"哎呀！咬了我屁股一口！这个鬼东西！"

场面一片混乱。一边是号称能装进口袋的小矮个，一边是几十个大人，人太多，以至于自己人抓自己人的情况时有发生，反而不利于追捕。

就在这时，穹顶上的灯啪地点亮了。有人打开了电灯开关。

"奇怪了，上哪儿去了？"

"好像跑休息室去了。"

一干人等乱哄哄地拥进休息室，搜了个遍也没发现口袋小子。此后，他们继续搜查了好久，仍旧是一无所获。口袋小子消失了。

"难道他飞了不成？匪夷所思啊。"部下们只得撤回自己的房间。

那么，口袋小子到底藏在哪里呢？就藏在休息室的花瓶里。这个花瓶最粗的地方直径有五十厘米，但是口子很小，直径只有二十厘米，小孩子也钻不进去，所以没有人留心这个花瓶。他们万万没想到，口袋小子曾经在马戏团表演过柔术。经过长年累月的磨炼，他练就了这手绝活，只要瓶罐的口子容许脑袋通过，他就能钻进去。在奇面城一案中，口袋小子立了大功，靠的也是这身好本领。

过了一阵，四周没了动静。只见瓶口探出一只手，冒出一个脑袋，然后又探出一只手——口袋小子重见天日了。

"呼——憋死我了。现在安全了吧。"

他下了高台，大大伸了一个懒腰，然后火速将黑头套摘下，脱下黑衣黑裤，反个面穿在身上。黑衣的反面是褐色的，黑裤的反面是灰色的，刚才还是一身黑，现在已经是普通人的打扮了。他把黑头套团成一团塞进口袋，跑起小碎步，不一会儿就不见了踪影。

就这样，口袋小子一直躲藏到天亮，等待游乐场开始营业。游客们参观完，来到这里脱掉宇航服离开，口袋小子便混进游客中，若无其事地走了出去。

—银色小球—

第二天上午十一点左右，在明智侦探事务所的会客室里，明智侦探、远藤博士和小林芳雄围着桌子说着话。就在一个小时之前，口袋小子从人造月球游乐场返回，详细报告了情况，侦探便致电博士，请他过来商量对策。

口袋小子一晚没睡，汇报完毕便一头钻进小林芳雄的被窝，蒙头大睡。

"那么多手下，要救出我儿子不容易呀。"远藤博士担心地望着明智侦探。

"困难是肯定的，不过多亏口袋小子找到了他的老巢，让我们一起想想办法吧。"明智侦探答道。看来堂堂大侦探暂时也没辙。

三人陷入沉默，小林芳雄也是绞尽脑汁，想不出什么好主意。这时，远藤博士开了腔，看得出他下定决心了：

"侦探，我决定豁出去试一试。"

"您要试什么？"

"使用我的发明。"

"您的发明？它不是能毁灭世界吗？"

"是的。它不会像核武器那样杀人，却能随心所欲地操纵世界。"

"您是要用它消灭二十面相吗？"

"是的。用一点就够了，并不会杀害二十面相和他的部下。不仅能够救出治郎君，没收二十面相所有的赃物，还能把他送进大牢。"远藤博士颇为自信。

"我是想象不出来。您能解释一下，这到底是一种什么力量呢？"听了博士的话，明智侦探震惊了。

"我也就不细说了，简单地说……"远藤博士挨近侦探和小林，说起悄悄话来。

"嚇！一百二十个小时，整整五天啊。"明智侦探很惊讶。

"是的。五天时间，干任何事情都可以，即便是颠覆一个国家的政权，也易如反掌。"

"军队就不用说了，警察掌握了这种力量，也将是无敌的。"

"是的。外国人打听到我的发明，就想来买走它，我是坚决不卖的。拥有了它，就等于具备了操纵世界的能力。"

"难怪二十面相盯上了它，煞费心思当上您的助手，就是为了偷走它。"

"没错。关于这个发明，身边的人不管跟我有多亲，我都没有向他们透露过一个字。而且，我也没有留下任何记录，一切都在我的脑子里。"

这个发明足以毁灭一个国家。要消灭二十面相和他的部下，用一丁点原料就足够了。把它放进一个银色小球里，安置在一个地方，时间一到，就能发挥作用。"

"原理跟定时炸弹差不多吧。"

"是的，构造一样，机关都藏在银色的小球里。这个球必须放在某个地方，派谁去完成这个任务呢？"

"交给我吧。"小林芳雄两眼放光，口气很是坚决。

"二十面相他们不是认识你吗？"

"我化装呀。论化装，我还是有两下子的。"

远藤博士听了小林的话，看了侦探一眼，像是征求侦探的意见。

"小林君没问题的。他是化装小能手，经常化装成女孩子，相貌和声音都跟女孩子一模一样，谁也认不出来。"

"这事我倒也听说过，而且听说你头脑机敏，勇气过人，无可挑剔。这个重任就拜托你了。"

"什么时候动手？"

"二十面相聚集部下在天文馆开会的那天。据说聚会是一周一次，那就在下周五动手。"

"您说的银色小球，我要把它放在哪里？"

远藤博士挨近小林耳语一阵。

"明白了，保证完成任务。"小林拍了拍胸脯。

这时，明智侦探想到了什么，向博士提问：

"远藤博士，治郎君不要紧吧？他被关在地下室里，不会受牵连吗？"

"会受牵连。不过这种力量不致命，也不会使人受伤。现在要消灭二十面相，即便自己的孩子吃点苦头，也是没办法的事情。我对自己的发明有信心，治郎君不会有事的。"博士心意已决。

一个星期过去，星期五那天，练马区的游乐场火爆依旧。眼前，硕大的月球模型像一个倒扣的大碗，场地的三个角，各有一架飞向月球的"火箭"，大批游客正在排队等候。小林芳雄化装成土里土气的农村中学生混迹其中。瞧瞧他，一身乡土味十足的打扮，黝黑粗犷的面容，完全是另一个人。他凭票进场，在工作人员的帮助下穿上宇航服。这些工作人员其实是二十面相的手下，可谁也没认出小林来。

小林排队登上悬挂于空中的"登月火箭"。稍后，这架火箭形缆车发出吓人的轰鸣声，尾部冒出白烟，箭似的飞向月球，接近月球时，来个一百八十度的掉头，以尾部着陆。游客们鱼贯走出火箭，各自在凹凸不平的月球表面上攀爬。小林脱离其他游客，朝月球的顶部进发，到那里寻找最深的环形山。

― 会 场 出 乱 子 ―

小林芳雄远离其他游客,独自寻找最深的环形山。

"这个不错,足足有一米深呢,应该能行吧。"他自言自语道,同时走下眼前的大坑,从口袋里取出一个钻头,在地面打起眼来。动静不大,所以不至于惊扰到其他游客而引起围观。不一会儿便打了好多眼,再使劲凿了凿,就弄出一个小洞来,刚好容得下银色小球,接下来从口袋里掏出小球埋进小洞,再用水泥碎渣掩盖好,一切恢复原样。

这个银色的小球,就是远藤博士发明的武器,比核武器还可怕。

完成任务后,小林芳雄便回到了侦探事务

所。就在同一天,二十面相给远藤博士打了电话。他说:

"上次约好今天给我答复的。您可想好了?"二十面相很是客气。

"想好了。说好的用我儿子交换,你可不能反悔。"

"您放心,我从来不食言。您来我这儿交代发明的秘密,完了带上治郎君回家就是了。治郎君好得很呢。"

"那好。就定在明天晚上吧。"

"几点?"

"九点吧。明天星期六,晚上九点。地点你来定。"

"当然由我来定。您定的地点一定有警察埋伏。"

"就去你喜欢的地方吧。"

"要不这样。明晚八点半,我派车上门接您,您就说是朋友来访。我的部下会蒙上您的眼睛,堵住您的嘴，我们不动粗，所以请您配合。蒙眼是为了不让您认出我的住处。"

"知道了知道了。"博士说着，不禁窃笑——二十面相没料到，口袋小子早就摸清了他的老巢。

电话挂断了，远藤博士丝毫没有拜访二十面相的打算。虽然约好了周六见面，但就在前一天，银色小球就会发挥威力，一举消灭二十面相和他的犯罪团伙。

周五晚上九点，人造月球。形似怪物的天象仪在天文馆的大穹顶上投射出灿烂的繁星，二十面相和他的部下在这里召开每周例会。

天象仪一侧站着怪人二十面相。这里光线昏暗，却也能隐约看见他穿了一身气派的制服，领子和袖口都镶着金色的穗带，俨然是将军风范。到场的手下将近一百人，是上次集会的好几倍，二十面相大概召集了所有人。前排坐着一身黑衣黑裤的蒙面人，后面是二十来个打扮成火星人模样的手下，最后排是二十来个打扮成电人M的手下——天象仪制造出的星空下，上演着诡异的一幕。

"各位！"二十面相开始发表演说，金色的穗带灿灿发光，"今晚我有大喜事要宣布，所以召集了所有人。远藤博士的大发明，很快就是我们的了！足以对抗全世界的伟大力量，很快就是我们的了！远藤博士终于服软了，明天晚上，他会向我交代他的大发明。各位，欢呼吧！这个世界上，没有值得我们害怕的东西了！"

现场顿时一片欢腾，在场者无不起身高呼万岁，欢呼声响彻整个天文馆。小头目依次起身向首领表示祝贺。然而，就在第三个小头目声嘶力竭地吹捧首领时，怪事发生了。他忽然变得怪腔怪调的，舌头像打了结，叽里咕噜的听不清说些什么，而且声音越来越轻，就像是在说梦话。瞧这家伙，软软地瘫倒在地，仿佛被卸掉了骨头。

然而，谁也没有吃惊，也没人跑过来看个究竟。因为所有的人，包括二十面相，都倒下了。看那些手下，刚刚还好好坐着，现在都滑下了椅子，横七竖八地躺在地上。

银色小球轻轻地爆炸了,其威力穿透了厚厚的水泥,影响了下面的所有人。空旷的天文馆内一片死寂,没有任何动静。

—大发明的秘密—

次日凌晨，人造月球游乐场周边聚集了将近七十个人——大侦探明智小五郎、远藤博士、少年侦探团团长小林芳雄、口袋小子、少年侦探团团员二十三人、警视厅搜查一科的中村组长、警员三十名、便衣十名等。他们所使用的车辆排成长长的一溜，当中还有五辆大型囚车，用来关押二十面相的犯罪团伙。大伙儿雄赳赳气昂昂，好大的声势！

远藤博士说："已经过了六个小时，现在安全了。爆炸的威力持续五个小时。我花了好多心血研究如何缩短威力的有效期。即便是打倒了敌人，自己人要是没法靠近，那也是白搭。"

这时，远藤博士、明智侦探和中村组长三人肩并肩站在天文馆的入口处。见大门紧闭，侦探取出万能钥匙，一下子就开了门。

"你们看，这里倒了一个。"

中村组长用手电筒照了照那人，原来是看门的。这时组长打了个手势，门外的警员鱼贯进入，把昏厥的看门人带去警车。随后，明智侦探、中村组长和远藤博士三人率领大队人马进入天文馆，好不容易才找到电灯开关，开亮照明后，天文馆内部亮如白昼，只见遍地躺着人，就像菜市场卖的小鱼干。

"这家伙就是二十面相，一副将军的打扮呀。"明智侦探说，"把他们都抬上车去，动作粗暴一点也没事，这些家伙要五天后才会醒过来。二十面相再有能耐，这回也没力气逃跑了。"

就这样，二十面相和他将近一百个部下都被抬到室外，挨个塞进囚车。

然而，当务之急是营救远藤治郎君。明智侦探、远藤博士、中村组长、小林团长、口袋小子等五人打开暗门,下了台阶,来到二十面相的老巢。

"爆炸的威力会波及这里吗?"

"会的,治郎君肯定受牵连了。银色小球的作用范围是以它为中心,直径一百五十米的球形空间,当中的所有人都会受影响的。二十面相的老巢显然也在范围之内,即便有部下留在这里,同样也会中招,逃不了的。"

一行人走在狭窄的走廊里。口袋小子是引路人,他和手持强光电筒的中村组长走在前面。

"看,这里是美术品陈列室。"

口袋小子嚷嚷道。他双手叉腰,身子后仰,摆出非常夸张的架势,厉声喝道:

"芝麻开门!"

话音未落,门悄无声息地打开了。打开电灯开关,只见房间内有无数金银珠宝,琳琅满目。这些赃物当然将被警方没收,物归原主。

关押治郎君的房间连口袋小子也不知道,找了老半天,后来在一个小房间里找到了。治郎君昏倒在床上，众人把他抬上车。

接下来，众人进了电气室，也就是给火星人注入生命的地方。明智侦探仔仔细细地搜查了房间，揭晓了谜底：

"电的力量是不可能赋予火星人生命的，这都是二十面相搞的鬼把戏。他先是造出火星人的皮囊，放进箱子里，再通上电，火星人就活过来了。是这样吧。其实你们看，这个箱子是两层的，身穿火星人服装的人藏在下面那层，二十面相通完电，他就爬出箱子，造成火星人活过来的假象。

"再说这个铁柜。你说人进去之后就开始溶化，其实这是镜像魔术。二十面相事先准备好一副骷髅模型和一副一身烂肉的人偶，手下走进铁柜后，便调暗打在他身上的光线，同时调亮打在人偶上的光线，接着调亮打在骷髅上的光线，同时调暗其他照明。整个过程映在镜子里，营造出肉体溶化的视觉效果。"

侦探说到这里，自己亲自上阵，走进铁柜，一会儿亮灯一会儿灭灯，向众人展示了活人变骷髅的全过程。这时，临时走开的口袋小子跑回来了。他说：

"侦探，我全明白了！治郎君说他在一个房间里被好几百个火星人包围。当时我就纳闷了，二十面相不可能有那么多手下。现在我终于明白是怎么回事了。那个房间的墙壁上镶满了镜子，光线在镜子之间反射，十来个手下就能营造出几百个火星人围攻的效果。"

二十面相的鬼把戏无处不在，真可谓是魔术大玩家。现在，所有的谜题都有了答案，治郎君平安无事，二十面相和他的手下们（昏睡中）都乖乖归案，所有赃物悉数追回。

明智侦探走出天文馆的时候，全体车辆已经准备好启程。少年侦探团的孩子们已经乘上车，脑袋探出车窗，望着这边。见到明智侦探和小林芳雄团长，孩子们齐声高呼：

"明智侦探，万岁！"

"小林团长，万岁！"

接着，在警车的带领下，车队静静地驶离现场。中村组长、小林芳雄、口袋小子各自上了车。在其他车辆离开后，小林和口袋小子乘坐的明智一号还留在原地，等待小声聊着天的明智侦探和远藤博士。

两人就倚靠在"月球"的表面上，那里有不少大大小小的环形山。

"博士，我见识您的发明了，能轻易穿透水泥，威力真强呀。"

"是的。不光是水泥，铁、铅、石头，任何矿物，都不能遮挡它。那些抵御核弹的防空壕，在我的发明面前形同虚设。我称之为'远藤粒子'，或者叫'假死粒子'。

"我废寝忘食苦心研究十几年，为的就是创造出能够战胜核武器的东西。现在，它终于完成了，但是，成百上千只动物成了这项研究的牺牲品。曾经牧场的好几百只羊一次性死绝了。"

两人四目相视，沉默了足足有一分钟。

"难怪二十面相会盯上您的发明。那家伙想成为希特勒，但他最反感见血，所以您的发明是他最佳的选择。"

"是的。在反感见血这一点上，我和他是一样的。难怪他会为了得到它而煞费苦心。"

"那么，您打算怎么处置发明呢？"明智侦探犀利的目光像是要把人看穿。

"毁灭它。"

"什么？毁灭？！"

"我要毁灭假死粒子，把它埋葬在我的大脑里。我刚刚下定了决心，如果有国家掌握了我的发明，就能为所欲为，操纵全世界。但是这个国家未必施行仁政，人心总是有恶念的。我不会把发明交给任何国家的，包括日本。

"我的信念是绝不可以杀人，必须给人以复苏的机会，这个信念让我完成了发明。凭借它，我们可以赢得战争而不流一滴血。只要把装载假死粒子的导弹发射到敌方大城市的上空，然后引爆它，几百万人便会在一瞬间陷入假死状态，没有任何痛苦，死死地睡上五天五夜。发射十颗这样的导弹，就能催眠一个大国。到时候把军政要人都监禁起来，没收了他们的核武器，这个国家就任由我们摆布了。五天后，民众自动醒来，已经是无力回天。

"如果我是拿破仑、希特勒之流，想必就会用这种力量征服世界，成为世界之王。"

"天哪，太可怕了。"明智侦探惊叹道。

"等我死了，这个发明就永远是个秘密了。"远藤博士说着，抬头仰望清澈的蓝天，神态安详，嘴角露出圣哲一般温暖和煦的笑容。